可以·生长点系列

告别的夜晚

王璐 著

浙江文艺出版社

图书在版编目(CIP)数据

告别的夜晚/王璐著.—杭州：浙江文艺出版社,2023.5
ISBN 978-7-5339-7211-0

Ⅰ.①告… Ⅱ.①王… Ⅲ.①中篇小说-小说集-中国-当代②短篇小说-小说集-中国-当代 Ⅳ.①I247.7

中国国家版本馆CIP数据核字(2023)第056198号

策划统筹	曹元勇
责任编辑	汤明明
责任印制	吴春娟
装帧设计	张景春
营销编辑	耿德加　胡凤凡
数字编辑	姜梦冉　诸婧琦

告别的夜晚
王　璐　著

出版发行	浙江文艺出版社
地　　址	杭州市体育场路347号
邮　　编	310006
电　　话	0571-85176953(总编办)
	0571-85152727(市场部)
印　　刷	上海盛通时代印刷有限公司
开　　本	889毫米×1240毫米　1/32
字　　数	121千字
印　　张	7.25
插　　页	1
版　　次	2023年5月第1版
印　　次	2023年5月第1次印刷
书　　号	ISBN 978-7-5339-7211-0
定　　价	45.00元

版权所有　侵权必究

自　序

我是一个容易焦虑的人。因为习惯披挂"乐观派"的外衣，我成了他人眼中"最乐观的悲观主义者"。年岁渐增，朝不继夕的事情亦随之而来，某一个时刻忽然觉得写散文已经无法让我在纸上一吐为快，于是变得更为焦虑而敏感。忖度再三，我决定尝试在创作上有所突破。

每当我经过长久斟酌之后开始动笔，我与我笔下的人物默然相视，静静地感知彼此，我能从他们身上获得我继续努力下去的力量和勇气。每当我关起门来独自面对这个世界，我也在书写的过程中开始学会理解世界并让自己释然。文学即人学，我必须慢慢学会如何能在审时度势的同时变得更加宽容，坦然接受"宿命的安排"。

有人说，写小说实在太难，而写散文、写诗歌或者写其他文体，则相对简单，对此我不敢苟同。于我而言，想要写好每一篇文章都不容易，前提是你对自己高标准、严要求。正所谓"取乎其上，得乎其中；取乎其中，得乎其下；取乎其下，则无所得矣……"故而我觉得这种比较实质上毫无意义。

目前这七篇小说，是在2021年之前完成的。而在此之前的近十年时间里，我写诗，写散文，也写一点纪实文学。我笔下的每一个故事，每一个人物与场景的构思设计，皆从我本人的人生经验中提炼锻造而来。我力求自己的文风独具个性，这便注定要与我的"故乡"休戚与共，血脉相连。

我的小说一如我的散文，都直通我的内心，而我的心事与我的精神血肉相连。唯有细节能够印证故事的合理性，而紧密独特的细节使得故事的真实性无可比拟，这让我的小说具有"个人特质"，但它绝非是个人情感的宣泄。我的这部中短篇小说集，实则为"每一次的回眸都于心不忍，却又不得不一次又一次地沉迷于伤怀……"它们无声无息，却带给我在面容模糊的汹涌人潮中安身立命的力量。过客经此，纵然我早已经习惯了南去北来，一刻不停地途经一个又一个陌生的城市。

2015年中秋，我的父亲仙逝，转眼已逾八载。这些年我在文字里频频回望，然而父亲能留给我的回忆实在不多。因此，这种复杂而沉重的情感由童年一直纠缠至今。它悄无声息却如影随形，成为长久以来压在我心头沉甸甸的石块。要感谢文学，唯有文字可以带来"精神意义上的激励或缅怀"。当我目睹父亲在我面前慢慢闭上眼，咽下最后一口气，我终于明白，那扇牵扯父爱的大门就此彻底关上了。那是一种茫茫然，手足无措的感伤。

父亲去世后，有相当长的一段时间里我夜不能眠，恐惧黑暗，不愿见人，屋子里的灯通宵亮着。我让电视机从早到晚开着，却二十四小时戴耳机借以阻挡外来声音的干扰。我无论睁眼，闭眼都能看见父亲就站在我的床前，他寂然而立，一如在世时缄舌闭口。父亲就那么静静地看着我，我与他面面相觑，心照不宣。我突然觉得自己必须找到一个让积累已久的情感得以宣泄、释放的渠道，并借此让自己的生活尽快重回正轨。于是，我想到把自己有限的生命中跟父亲的牵绊写成一篇小说。一开始也没想究竟要写多少字，就只是埋头写下去，当最后一个字敲完时发现是一个近三万字的中篇。其时，恰逢"中融杯全国原创文学大赛"正在征稿，我未及多想便将这篇小说发去参赛，最后获得大赛二等奖。这对于头一次尝试写小说的我来说，算是意外之喜，也就从那时起，我正式开始写一些中短篇小说。

世上诸多事，知易行难。当真正开始写小说以后，我发现自己变得更加焦虑，乐观豁达的我甚至变得自卑，因为我发现我笔下的故事跟人物总是无法让自己满意。有那么几个夜晚，我半梦半醒之间不断地与父亲邂逅，我在混沌迷离中惊醒，醒来时三星在天，我走到阳台往外看，霓虹璀璨，午夜的魔都如同巨大的蜥蜴静伏眼底。父亲的死让我头一次近距离感知"消失"的恐惧,纵使胸中有万语千言,顷刻之间都灰飞烟灭,而我身上的故事连同我的肉身,终有那么一天亦将成为虚妄。我突然按捺不住地想要把它们记录下来,这样即使未来这些小说孑然留存于世,对于现在的我而言,无疑是生命的全部意义。我比此前任何时候都更沉迷于文学,渴望在孤独而凄然的艰难书写中渐渐赋其于形。而也就是这一时刻我方才恍然,正是我的谨慎与诚实,才使得小说里的他们鲜明立体、情感充沛。

关于这部小说集,有的小说已经刊发,有的尚未发表。其中,《告别的夜晚》刊发于2019年第三期《山花》杂志(发表时名为《黑白往事》);《室内地道》刊发于2017年12月号《上海文学》杂志;《乌金墨玉》刊发于2021年第五期《西部》杂志。这些小说书写了我,也映照着我,无论过往、现在、将来,文学永不可能站在现实生活的对立面,而我之所以会选择这个"孤独而艰辛"的行当,并以此为生,其实是对自己已经逝去的三十几年人生的无言挑战。

现代都市的生活日益繁华,将喧嚣白热化,然而花钱也难买到"回乡"之感。"故乡"于是只能一次又一次跃然于纸上。或许忙于赶场的你,某一天忽然间吃到某一道菜,久违的滋味告诉你,这是一道家乡菜;抑或是你去看了一场年底贺岁大片,然后在摇曳不定、模糊堆叠的镜头中回到了魂牵梦绕的故乡。

弹指间已逾不惑之年,离开故乡许多年的我,早已经习惯行走于路上。南来北往,脚步难歇,然而何时能"回乡"?我是指真真正正回到生我养我的地方小住一段。转念一想,又不禁踌躇难安起来——哪个才是我要回的家乡呢?是我成长生活过的太原,还是学习工作过的北京,抑或是久居于此的上海?

或许有那么一天,我会在某地遇见来世的自己,那时的我不再有今生今世的记忆。日月轮回,斗转星移,我将目睹已然安葬的自己重新复活过来,她静静蹲伏着,自身后一跃而起,趁我不备将我踹醒……

我通过我的小说在纸上"寻根"。因此故事中随处可见颇具北方况味的描写,风土人情、民俗文化,我永远愿意相信,一定有更美好的人与景在向我招手,静静等待着我将他们尽快付诸纸上。这样想来,"故乡"回不回得去又有什么关系呢?"故乡"在我的笔下得以永生,她的鲜活与苍然都将活灵活现,重现于每一个小说人物,而最令我愉悦的是,他们永远跟别人所说所写所唱,所以为的截然迥异。

感谢文学。人与物质世界的绵密交感,其实始终在延续,而不同时代的变更与交替,具体到我个人而言,一些简单的词语、镜头,频繁出现在梦里的父亲,会自然融入我的童年、青少年时期的记忆碎片中。

  又是一年将尽时,我不断地借用小说与过去对话,企图重现父亲尚且在世时未及问出口的话,问他为什么至死也不给母亲一个交代,为什么不喜欢家里唯一一个女孩的我……而为小说不断地反复编排的过程,慢慢让我懂得并且接受,即便再如何拓展、深入,作为个人,永远只能徘徊于"独自情感与视野"中。个体与众人的关系,隔代的触碰与纠缠,好像是一旦看清了某些细节,周遭便愈加混沌迷茫……

2023 年春,于家中

目 录

告别的夜晚 / 1

室内地道 / 50

乌金墨玉 / 75

双姝梦魇 / 117

过水面 / 140

庙宇深处 / 168

蓝色妖姬 / 196

告别的夜晚

父亲去世的那天下午,把小柔叫到床前再三叮嘱,明天千万记得提醒我啊。小柔说提醒你干吗?父亲想了又想,忖度道,你妈一直催我有个交代嘛,不说不行,但今天精神实在不济,等明天睡醒,记得提醒我啊。

父亲至死,也不相信自己得了不治之症。

发现他胆囊上出了问题,是三个多月前。母亲跟父亲出去遛弯,路过药店,他在门前过了秤,体重骤减。想到他最近吃饭不像从前那般狼吞虎咽,母亲说,有什么感觉?父亲耷拉着脸来一句,吃那么多干甚?不上班,吃七成饱,有钱难买老来瘦,别人还求之不得呢,净瞎操心。

母亲跟小柔电话聊天时,无意间提及此事,小柔感觉不大好。记得院长朋友曾经说过,老年人无缘无故减体重,绝非好现象。母亲说,饭量减少,喝酒次数骤增,以前只午饭时喝二两,现在顿顿念叨着酒,有天她出去办点事,回来一看,大雪碧瓶子里满满一瓶竹叶青,才从汾酒厂打来没几天,五十几度,本是一个月的量,嗨,少了大半,少说也喝掉一斤!小柔说,醉了没?母亲哎呀一声道,敲门敲半天,没反应,变成砸门,隔壁邻居几次探出头来看,差一点就报警。小柔说,讲重点。母亲说,总算开了门,跌跌撞撞,他扶着墙都站不稳,眼珠子赤红。炒韭菜放了根葱,问什么也白搭,我怕了呀,毕竟八十岁的人,你说说,哎。

全家人紧急召开电话会议。二哥、三哥在本市,大哥跟小柔在外地,临时组建微信群,不论是谁突然间想到了什么,第一时间在群里商量对策。

那些日子,小柔每天做得最多的事,就是打电话发信息,再三拜托省人民医院做院长的朋友,问这样的情况是否很严重。朋友说,带老爷子过来做一次全面检查吧,看看情况再说。父亲死活不去,大发雷霆说,花那冤枉钱干甚?我能吃能喝能睡,到底要干甚嘛,小二管大王?

小柔只能在电话里好言相劝,今年还没体检过嘛,就是走走过场,退休了不必担心没时间,趁这次我朋友在,享受内部优惠。想到父亲喜欢写字画画,小柔说,人家齐白石、冯其庸,每年不止做一次全面体检呢,防患于未然,有啥不好嘛。见父亲态度有所松动,母亲赶紧说,那我也去?现在又不差钱。于是接踵住进省人民医院的消化科病房,以防父亲起疑心。

一个礼拜后,小柔接到院长朋友打来电话,说,为时太晚了,胆囊上那个东西,已经转移到肝脏,肺部也有问题,肿瘤影响到了胃,是食欲降低的关键原因,属于三期比较严重的那种……

小柔哭了。

朋友把主要的化验单拍了照,一张张在微信上发过来,安慰小柔说,平静对待吧,医院里每天都有生离死别,看得多了,心就平静了,一切尽在上帝安排,谁也难逃那么一天,迟点早点的事。说罢话题一转,咱家老爷子已是耄耋之年,即使走了,也算白喜了,要看开想开。因为是好朋友,必须实事求是地讲。小柔呜呜咽咽。朋友说,老爷子还是回自己家最舒服,再在医院待下去,除了受罪,就是烧钱,家人也要被拖垮,竹篮打水一场空,没有任何意义,回去跟家人商量一下?小柔眼泪啪嗒啪嗒地问,大概还有多长时间?朋友答,三个月左右,最好的情况,也超不过半年。

出院那天,父亲在病房里走来走去,不停地数落母亲。我就是年纪大了,胃口不好,开点消化药就可以,有甚大惊小怪?钱多撑的!做个体检用得着住院?还一住七八天?

三哥办好出院手续返回,在走廊里碰到院长,两个人一同回病房。父亲看见院长亲自接自己出院,消化科主任和化验科主任紧步跟随,身后一群小护士叽叽喳喳叫爷爷,又开心起来,一一跟大家握手,不停地说谢谢谢。

消化科主任笑眯眯地说,老爷子别不开心,住院的费用,能报的通通报,我们院长大人特批,其实没花多少。

院长送父亲出门,挥手告别,老爷子有福气呀,有这么孝顺的子女,回去安心养病,来日方长,开心享受。

母亲在回家的路上给小柔打电话来说,你爸现在觉得,这次体检住院可值了,脸大。

父亲始终不相信自己真的生了病,等病入膏肓,卧床不起已经近一个月之时,小柔急匆匆地从外地赶了回来。

母亲说,头几天还自得其乐,每天醒来,靠床头能喝一大碗清和园的豆腐脑,喜欢咸口,韭菜花放多多的,有时给他煮碗小米粥,咸菜疙瘩切细丝,连吃两个大馒头,午饭照样喝酒,他只要想喝就让他喝,有时候我也陪他喝一点,每顿饭吃完都说,人是铁,饭是钢,你看看我!母亲说罢眼圈一红。

小柔默默地听着。母亲又说,酒足饭饱,你爸回房间把电脑打开,往床上一躺,开始听戏,收藏的碟片近千张,山西梆子、上党落子、晋中花鼓戏、太原莲花落,再就是东北二人转、山西二人台,一首接一首,听一天都不嫌烦,要不是那天出了意外……

小柔说，怎么了？

母亲叹气道，上卫生间，莫名其妙摔了一跤，裤子都来不及提，额头磕破个大口子，后来就拿痰盂，在房间里解小手。没想到病情发展这么快……

小柔说，还喝酒不喝？

喝一口水都难以下咽，还喝酒？现在闻都不能闻，一闻就反胃恶心。母亲说，我那天正在厨房做饭，听见扑通一响，着急跑出来，他四仰八叉躺倒了，怎么爬也爬不起来。母亲说着哽咽起来，那天以后，就下不了床，一动弹就头晕腿软。这一个月，每天来回听《百鸟朝凤》，从早放到晚，别的碟片再也不碰。母亲看看小柔又说，唢呐声那么刺耳朵，非逼我把声音调到最大，吵到楼下邻居来敲门，但降低了音量，他马上就发火……

小柔说，干吗要那么大声？

母亲说，他总是嚷嚷听不清，听不见。

小柔望着母亲，她身心俱疲，愈发憔悴，曾经黑亮的眼珠，此时蒙上一层乌沉沉的灰色，仿佛窗外厚重的雾霾天。

小柔回来，父亲并不知晓。她电话里跟母亲商量好，想给父亲一个惊喜。一到家冲进父亲房间，喊一声，爸爸！没反应。父亲二郎腿一架，正闭着眼听《百鸟朝凤》。声音太吵。

小柔大声地再喊,爸爸!父亲的眼睛睁开,亮光转瞬即逝,愣了一下说,哎呀,好端端又跑回来作甚,耽误工作嘛。但看得出他其实非常开心。

母亲从客厅进来,递过一份《太原日报》说,高兴不高兴?闺女去北京出差,绕道回来看看你呀!父亲笑了,点一点头,但并没说话。

小柔见他拿报纸的手微微发颤,故作轻松道,还这么关心国家大事呀。

病情急转直下。到了第二天,父亲已不能看报,手抖得厉害,即使小柔帮忙举着,看不了两分钟就摇头说,报上的字在飘、在抖、在跳。

小柔躲进卫生间打电话。院长朋友说,病情恶化了,后期血管渐渐堵塞,影响到了眼睛,出现视觉间歇性消失的症状。

小柔趴在父亲枕边说,我来念……父亲摆了摆手。

小柔换一条念:"再次入围最具幸福感城市……"父亲眉头紧皱,摆一摆手。小柔说,那就不念,听戏吧。她打开电脑,《百鸟朝凤》音量宏大有力,唢呐声高亢明亮,热烈欢腾的气氛中,看见爸爸闭上眼睛,长长舒了一口气。

小柔日日守在父亲床头,母亲说,太原人有讲究,伺候病重的父亲,闺女多跪,孝子坐着,因此小柔的两条腿常常跪到僵硬发麻。父亲房外有个小阳台,平时他在这里读书,点一炉香,累了就闭目听曲,哪怕在寂寥的寒冬,这里也总有一丝温暖与清丽,过往生活历历在目,仿佛就在昨日。

阳台上新种紫竹三竿,素心兰一盆,梅花开时不开门,小柔想起父亲最喜欢陆游的《卜算子》,凄清,小有怨怼,孤芳自赏。偶尔见他用毛边纸把这首词写了又写,写了又写,忽然扭头问自己,词里的"主"所指何人?

那时小柔多大?记不清了,只是靠在门后想,梅花也要有主人吗?听父亲喃喃自语道,驿外断桥边,梅花主为何人?低头继续写:"寂寞开无主……"

想着想着,小柔不禁笑了。小阳台兼做父亲的书房,梅花只有两株,一红一白,红梅名"朱砂",白梅曰"绿萼",每到春节前后便次第绽放,吃过晚饭,父亲碗筷一推,坐灯下读书,幽香隐隐。小柔记得有时一觉睡醒,偷偷去看,他还坐在那里,书掉落脚边,呼噜声震天……扭头看看小阳台里那张书桌,因年代久远,桌面桌腿已多处斑驳掉漆,露出原木本色,此刻它渐渐移进夕阳。

小柔问父亲,要不要换个戏曲听听?

父亲看她一眼,做吞咽动作,摇头道,声音太低,听不见。小柔把电脑音量调高,趴在他耳边问,听见没?听得清楚吧?父亲的目光一定,指了指自己的脑袋说,清楚得很哪,一点也不糊涂。

有一道光,恰好射在父亲脸上,把小柔带回童年。有次回乡下过年,村里请戏班子。一个精致的小戏台,搭建在祠堂正中。那时奶奶还活着。台顶飞檐与正屋的大厅檐顶衔接起来,中间的缝隙里射进一道光,像舞台照明用的大灯,恰好落到旦角的半面脸上,跟父亲脸上的这道光,一模一样。父亲坐在台子一角,固定的一张老式红木椅,手指轻点桌面,常常跟着鼓点摇头晃脑。小柔看到阳光下的烟尘,一股一股,一波一波,漂游摇曳,可总也落不到地上似的。古老的太阳布满尘埃,旦角一张银盆大脸,白粉扑得太厚,穿的戏装也厚,从小柔的角度看过去,有个演员还是个驼背,腿粗,且不直,便想起奶奶隔壁院子里的那个鳏夫,外号叫"骆驼"的。父亲一听戏,心情就特好,露出难得一见的笑容。台上女演员的绸裙夸张地一抖,柠檬黄的水袖没甩好,重新再来一遍。父亲笑出了声。戏台一侧是一对盘金黑漆方柱,拦腰挂着一个大木头牌,上面是父亲的墨迹"禁止喧哗",另外一头悬挂"保持肃静"。左右对称。小柔看看戏台顶子上挂着的奶奶家的大自鸣钟,近傍晚时间,差五分四点钟。

父亲咳起来,喘不上气。唢呐声中,小柔渐渐缓过神,觉得脑袋发胀,太阳穴一蹦一蹦,痛得厉害。她拿过水杯摸了摸,还不凉,递到父亲嘴边说,来,喝一口润润嗓子。

父亲喝进去马上又吐出来,枕头洇湿一片,他缓缓摇头,说嗓子里有什么东西堵住了。

父亲的房门正对着挂在客厅的钟,小柔抬眼看,差五分十二点。小柔觉得这时间分明与那道远古而来的阳光有所冲突,但又说不出个所以然。找了一块干净的枕巾换上,默默地看着父亲,努力挤出一丝笑容。

母亲不知何时进来的,站在身后,小声说,已经到中午了。

小柔没说话,抬头望望。只见天空的一切杂质已被晒干,是这座重工业城市难得一见的湛蓝晴空,小柔却似乎总感觉有一朵厚云,灰得泛白、发亮,飘凝在眼前,又飞快地从窗前静静掠过。小柔自言自语道,这就是他所说的闲云?

站到阳台窗边,仔细望天。天边有一长列白云,厚薄不匀,仿佛新生的月色山峦,有种诡谲的动人。母亲也跟过来。母女二人默默抬头望天。父亲在床上似乎哼哼了两句什么话。小柔并未回头,继续看天。远远细看,天边有一朵扎实的云朵,呈银灰色,如一只巨大的河蚌,在空中缓缓流动,如在水中游走。阳台前方不远处的两栋大楼,是公安厅员工宿舍,楼中间露出一道缝,很像木质画框的边,小柔又不禁想起儿时,父亲经常趴在这张书桌上,没完没了地练毛笔字。写来写去,永远就那么一句:"片片飞来静又闲,楼头江上复山前。"

小柔回过头看了看那个已经在床上躺了近一个月的人。童年旧事如同黑白默片,镜头快速翻转、倒带,过往历历在目,清晰依然。

小柔轻声叹息,他还能讲出什么神话故事?母亲没吭声。小柔说,他告诉我他不敢闭眼,一闭眼爷爷奶奶都来了,笑眯眯地不停招手,笑而不言,大伯伯在一旁,一个劲儿地埋怨他架子大,吃公家饭做大领导,回自己家还装模作样给谁看,还说,那边的人都到齐了,就等他回去开饭呢……

母亲呆立没动,摇摇头道,也许他又回到几十年前……小柔一脸茫然,母亲说,"文革"那时还没有你,有一天夜里,家里来了好多好多人,大门外也有人把守,院子里外站得到处都是,他们进屋一句话不说,就要带你爸爸走……

小柔扭头与母亲瞠目相视,以前怎么从未听你说过?

记得那天已经很晚了,你奶奶已经睡下,又爬起来,当时我不敢多问,人家不允许我们讲话,我正怀着你三哥,五个多月了,一惊一吓,肚子疼得厉害,你爸爸是吓坏了,面色苍白,一言不发,后来就被那些人带走了,这一走……

母亲自言自语了一番,默然站了一会儿,走进客厅。

小柔没吱声。母亲的嘴唇起了一串水泡,她从茶几小抽屉里找出红霉素软膏,厚厚涂了一层,探过头往父亲房间看看,凑近小柔说,再也吃不下去一口饭的那天,他哭了……

小柔低着头一言不发,若有所思。

母亲说,我只能假装没看见,等他睡着,我躲到卫生间痛哭一场,不是哭他,是哭自己,你没回来前,我不止一次问他,嫁给他一辈子,受罪吃苦我都认,可到临头了,也没有一句好听的?

小柔不吭声。

母亲说,他永远那样,再怎么问,也一声不吭,我是死心了,别看你爸一直正襟危坐、不苟言笑,像《四世同堂》里的老太爷,其实就是个软骨头、怂包,要是抗战时期,说不定第一个举白旗投降,老婆孩子的死活,他考虑过吗?自私透顶!

小柔听得心烦,哎呀一声说,妈啊,这都什么乱七八糟的。

三哥一定是听到了,从里屋走出来说,那个时代,人都是扭曲的,又不止他一个……

三哥一语未毕,给母亲打断道,关进"学习班",在农村一住就好几年,他工资停发,我一个人拉扯你们四个,还要养活你爷爷奶奶,白天去学校上班,早就停我的课了,不让我上讲台,每天没完没了地写交代材料,整宿整宿帮别人纳鞋底,搓麻绳,换点零用钱补贴家用,长期晚上缺觉,头发大把大把地掉,我都能忍……

小柔听得心里厌烦,强忍着。三哥说,我们早都知道了,别再说了。母亲依然情绪激动,我到底要交代什么?我根本就不清楚!好多年后才明白,他为了早点恢复自由身,坦白从宽,抗拒从严,主动跟上级领导汇报,我老婆什么事情都清楚,她可以证明啊,不信可以调查。听听!听听!我清楚什么?我为他证明什么?

小柔嘘了一声,说轻点轻点,不要激动。

母亲拉住小柔一只手,继续说,还记得你两三岁时的夏天,我们乘火车倒汽车,最后毛驴车,颠得肠子都快吐出来,千乡百里地去看他。

有生以来第一次看见父亲,就是在那地方。小柔嗯一声道,说过多少遍了?那时每天去果园,各种瓜果吃得我肚皮滚滚圆。

母亲叹气道,你太小,啥也不懂,就记住吃,去看他是万不得已呵,去一趟要花好几块钱,那时月工资才三十块零五分,就是想亲自去问问他,究竟跟上级汇报了什么,让我遭这个罪,学校那帮人从早到晚要我老实交代。

小柔站起坐下,坐下再站起,心烦意乱。

母亲擦眼泪道,白跑一趟,还搭进去二斤白面,回来后你奶奶一直埋怨,嫌我针鼻子大一点事都办不好。那次专门做了炒拨烂子,带给他,打了三颗鸡蛋,都不舍得给你们吃,知道为什么吗?

小柔保持沉默。

母亲说,炒拨烂子,我故意做得比较大,把想问的话写成小纸条,裹进塑料纸,塞进面疙瘩,再跟鸡蛋一炒,任何人都发现不了……

小柔说,快赶上《渡江侦察记》了。

母亲摇头,你爸爸这人真是,拨烂子都快吃完了,没任何反应。

小柔说,咽进去了?

一到关键时候就掉链子,我后来问过,他说早就吃出来了,假装上厕所看了纸条,回来后却和没事人一样,说门口有人站岗,不敢有所表示,被发现后数罪并罚更惨。嗨,倒敢把自己老婆卖了!母亲说到此处咬牙,待等放出来时,他养得白白胖胖,我落了一身的病,胰腺炎发作,鬼门关挣扎了一趟,不都是因为他?到现在都没一句道歉的话……

三哥在母亲边上直摆手,别说了,别再说了,这事为什么永远放不下?怨恨一辈子了,也折磨了自己一辈子,都这时候了,说这些有意思?

小柔说,是啊,别重复了,我们知道就行了,过去那么久了,陈芝麻烂谷子的事。

母亲指指父亲房间,愤愤不平道,寿衣寿裤、寿帽寿鞋、骨灰盒,我早早就买了,都是最好的,对这个人,我问心无愧,上帝都看着呀!我教中文教了几十年,年年都带毕业班,年年学校评先进,终于熬到退休,却连个高级职称都没评上,还不就因为当年那些事的牵连,我……

小柔打断母亲道,别说了,妈,抓紧时间进里屋躺一躺吧,你可不能病倒……

三十多年来,小柔早已习惯了用眼睛观察父母。多看少说,尤其是面对父亲,基本靠眼神,小心翼翼揣摩他的本意。每到母亲提起这个话题,父亲从来不予理睬,常换来一声重重的"哼!"母亲说,你爸活了大半辈子,只想自己,觉得凡事都不随己愿,事事受阻,生不逢时,这就是"哼"。

父亲此时在屋里哼了一声问,你妈呢?你妈在哪?

小柔回过神来,放下水杯喊,妈!妈!

母亲答应着走进来,站在床头问,要干啥?

父亲定定地看着母亲,双唇抖抖,没有说话。

母亲站了会正要走,父亲的面孔抽搐起来,眉头紧皱。她于是站住,扭过头问,要干啥,你想要啥?不舒服是不是?

父亲龇牙咧嘴地点点头。不能主动进食已经第六天了,开始还能喂进去几口,后来吃什么吐什么,喝水只能靠吸管。从前天开始,连水也难以下咽,总说嗓子被什么东西堵住了。今天开始吐苦水,腥绿色。

小柔问了院长,是胆囊癌症患者最后阶段的典型反应。

小柔趴在父亲耳边说,嘴干,难受对不对?她用棉签蘸了点温水,在干裂爆皮的嘴唇上小心翼翼地沾了沾。

最后两天,父亲的鼻孔堵塞,呼吸只能靠口。从早到晚大张着嘴,牙龈已经红肿充血。母亲休息一会儿就过来看他,小柔摆一摆手,让她放心。父亲满口装好不过半年的烤瓷牙,黑暗中白得亮眼。

父亲的双唇微微颤抖,睁开眼,忽然憋足劲儿说了一个字,冷。

即使母亲在隔壁,显然也听见了,立刻奔进来打开衣柜拿厚衣服。

父亲的屁股扭动几下,又吐出一个字,拉。

三哥本来站在床头,跟母亲有一句没一句地闲聊,听到这个字,一个箭步跑了出去。

小柔怔了一怔不禁笑了,说你干嘛?这身手,真矫健……

三哥头也不回地走了,躲进厨房透过窗玻璃往这边看,小柔听见他跟大哥说,妹妹真能干,真不容易……

父亲已经几天不吃不喝,却不停地喊大小便。一天要换许多趟尿垫子。屋子里长期通风不好,充斥着腐坏浑浊的气味。小柔赶紧从床边取过一片成人尿不湿,跑到卫生间打半盆温热的水,看着父亲说,好了,准备好了,可以拉了。

这天凌晨到中午,父亲已经大便了三趟,每次都带血,最后一次呈猩红色。小柔心里咯噔一下,不记得在哪本书上看见过,人临死前,会把所有阳世残存的污秽留下,医学上叫"净肠底漏",只要见了红,则意味着时日无多。

小柔抬眼看看母亲,叫了声"妈",便再也说不出话。

母亲则一脸平静,把刚从衣柜里找出的裤子放下,看看父亲,哄孩子似的说,拉了就舒服了,拉好了没有?说完开始擦洗,又说,能使上劲儿不能?屁股稍微抬一抬?

父亲缓缓点头,看着小柔,目光中有难言之隐,带了一丝羞怯。

小柔拿热毛巾擦抹。父亲的黄疸症状一天比一天严重了,全身皮肤蜡黄,大腿瘦若干柴,皱皮松垂,屁股上也没肉,那天请楼下私人诊所的大夫来扎针,几次进针都太浅,一推药就鼓包。

母亲凑到小柔耳边说,像不像假人?

父亲的脚脖子以下通通浮肿了,一按一个坑,小柔想到院长提起一句老话:"男怕穿靴,女怕戴帽。"男的脚肿,女的脸肿,三消三肿,基本无药可治。

父亲的生殖器已经萎缩干瘪,仿佛脱水风化以后的毛毛虫标本,一颗干枣似的垂头丧气。母亲扒拉扒拉,杵了小柔一下,说,这就是带给你生命的人哪!抬眼看看床上的人又说,洗干净,多擦一点爽身粉,香香地走吧。

父亲自始至终一声不响,就一直看着小柔忙前忙后,眼神如婴儿,很努力地配合,使劲儿抬屁股。

小柔熟练地把尿不湿换好,说,舒服些没?

父亲躺在床上,日益沉默,经常一天没有一句话。几位老同学来看望,他才会努力恢复一丝过去的神色,甚至还平静地安慰他们说,必经之路,早晚谁也逃不脱……有一次,母亲等到客人告辞,趁热打铁道,你我过了一辈子,就没啥要对我说的?

父亲立刻没了反应。母亲说,孩子们都回来了,有什么要交代的,还不说?

父亲照旧沉默,双目紧阖,忽然觉得厌烦,瞪大眼睛冒出一句,啥?我交代啥嘛……母亲沉下脸来。小柔轻声地说,别再提了,别重复了。

母亲叹气道,我就想听他说这么几句,很过分吗?

趁着母亲去卫生间，小柔把母亲的意思给父亲慢慢复述一遍，爸爸，就说一句好听的话让她开开心嘛。

父亲默然片刻道，知道呵，我该给你妈一个交代……

小柔记得，刚才父亲喊冷的一刻，母亲拿起一条厚牛仔裤看了看，用剪刀在裤脚上剪了一个口，刺啦一扯。小柔顿时怔住。

母亲若无其事道，等下又要拉尿怎么办？脱都来不及。她把两半裤片往父亲的腿上一搭，莫名其妙来了一句，会画画的那位，不是很会改衣服？她撕过你的裤子没？

小柔的脑海中，立刻闪现出化学女老师的脸。她曾经从兜里掏出一把巧克力糖，摸小柔的脑袋，笑眯眯地说，来，叫干妈。

父亲的手抖得厉害，伸到腿上摸索摸索，抬眼看了一下，把搭在大腿上的裤片往边上用劲儿一扒拉，看了看小柔。

到正午时，父亲看起来精神像是稍好一点。小柔把阳台的窗子打开透气。阳光灿烂，父亲被一层金色笼罩，有种玄幻的味道。父亲说，现在几点了？望着天花板，他开始不停地追问时间，现在是几点钟，几点钟？问一次，努力扭头，看阳台的阳光，脖子上青筋尽显。他的胳膊现在比小柔还瘦，不由自主地颤抖不停。小柔的脑海中闪过一个念头——整日端坐在这间屋子里写写画画的男人，曾多么让她敬畏，高大威武，如今却极其孱弱,仅剩的微光也即将熄灭了。

每隔一会儿,小柔要扶起父亲戴手表的那条胳膊,举至他眼前,让他瞪大眼睛,使劲儿地看时间。父亲看表的频率越来越快,时间的间隔,越缩越短。每次看完,他双腿全力连踢带踹,却像一种无力的反抗,动不了几下就呼哧呼哧直喘,闭上眼睛,不停地摆手,口里含糊不清地重复道,我不去,我不去,我不想去,你们不要拽我呀……眼角淌下一滴眼泪。

小柔拉过父亲的手摩挲。第一次把自己的手放进他的手心,比一比说,这么大的巴掌。每当他喊冷,手掌滚烫;喊热,却四肢冰冷。脉象渐渐沉虚,经常摸着摸着就摸不到了。

小柔举起父亲的手贴在自己脸上说,这块腕表一戴几十年,质量可真好。她拿过一把电脑桌上的纸扇,左左右右,慢慢地扇,说,凉快点没?

这扇面上画了两只蝴蝶,一青一红,上下翩跹,将飞未飞似的。这是父亲自己画的,有次心情好送小柔的。记忆中,父亲好酒,好像总有人请他喝酒,偶尔喝至兴起,就会提笔作画。父亲最喜欢画花鸟虫鱼,中山装口袋总是鼓鼓囊囊,那时小柔才四五岁?记不清了。她站在一旁,就见父亲掏出两颗山楂果,看看,又放回去,有次从口袋里抓出一把葵花瓜子,哗一下往桌上撒开,画起来。画一阵,抬起手腕看看时间,戴的就是这块表。

没画几笔，又看表。他在看什么呢？小柔不敢问，问他反正也不说。

想到这里，小柔不禁笑了，趴到父亲耳边叫一声爸爸，说，赶紧好起来吧，病好了教我画画？

父亲的目光落到小柔身上，含糊不清道，你要是个男孩，该多好呵，你几个哥哥，都对字画不感兴趣……

这个回答小柔等了三十多年，虽已时过境迁，物是人非，但心里仍涌起一股暖流，百感交集，眼泪涌上来，脑海中浮现出许多年前的一个下午。

记得那天母亲不在家，父亲心情不错，允许小柔帮着磨墨。磨一阵，他用笔试一下说，不行！她就赶紧再磨。偶尔也研朱砂。水兑进去，不停地研，丝毫不敢偷懒。父亲说，看着点，再研就坏了！可怎么个坏法他又不讲，小柔也不敢问。父亲画几笔，抬起手腕看表，扭头朝窗外瞭，若有所思地皱眉。把胶兑了一点进去，笔在朱砂里蘸一蘸，嗯了一声说，正好！

这时，屋外传来一个好听的女音，童老师在不在？

父亲笑了，头也不抬大声道，进来进来！快进来！

就是同校的那位女化学老师，平时也喜欢画画，来过好几次，每次来母亲都不在家。每一次她人还没到跟前，就开口道，哎呀！真袭人(好看)！

那天父亲用朱砂画雁来红,太原话叫"老来俏"。画完马上就把纸反扣过来,看着女老师说,这样颜色才不会往后跑。

女老师每回来小柔家,都会带好吃的,掏出一把大白兔糖递给小柔,摸摸她的脑袋说,来,叫干妈。小柔不叫,她也不生气,笑嘻嘻回转身,自己拿笔在一张废纸上试了起来。

小柔在一旁自己跟自己玩,大白兔糖吃了一块接一块,直到睡觉,嗓子眼里还甜兮兮的。

画已经干了,父亲在纸的背后,用笔小心地点一下,又点一下,看看女老师说,这叫补朱砂。

雁来红的颜色可真好看,并非别人那样大片大片,通透而清丽。小柔觉得女老师说话的声音真好听,轻轻的,软软糯糯,不像妈妈一开口就哇啦哇啦。女老师俯身弯腰仔细看画。她穿衣打扮也跟妈妈十分不一样。她总说,衣裳上身之前,要自己先改过,腰身从里面稍稍一掐,两道裤缝永远笔直,屁股圆圆的两瓣儿。

画那么满干啥？那天父亲搁笔,自己也得意起来,长舒一口气,抬起手腕看看时间,盯着女老师痴看,忽然说,再给你画只桃？画大久保？

女老师笑起来更好看,眉眼弯弯道,好呀,好呀！

父亲说,仔细看着,叶子跟叶子之间的空隙,叫"气眼儿",父亲在纸背后用藤黄与赭石调好打底色,然后用胭脂,从正面开始画,左一笔,右两笔,最后再来一下,说,好啦!

小柔望着那只三笔速成的大久保桃,鲜活而生动,空气中也有一丝甜,拍拍小手喊,好看好看真好看!

女老师说,该教你闺女画呦,画画该从小开始教。

父亲拿过画桌上一瓶二锅头,对嘴喝了一口,说,吴昌硕的画,色调比较灰暗,任伯年笔好,但意境要上了些年纪的人方才看得出。咕咚再喝一口,徐渭是琴棋书画,样样造诣均深,可惜是个疯子,说到此处扭头盯看小柔一眼,喜欢画画一辈子,到头来我又落了个甚?女孩子不要看,更别学,容易学坏!

女老师两颊腾起红云说,一只桃子太孤单,再给我添两只蝈蝈?

父亲开心起来,用赭石画麦秆儿色的蝈蝈。画几笔来一句,绿蝈蝈红肚皮,那能好看?

小柔记忆中,父亲书房的画案上,一直放着一个火柴盒。上面用大头针扎着一只蝈蝈,放了许多年。这蝈蝈在最后一次搬家时不知所踪。

那天,两只蝈蝈很快便画好了,父亲把画纸拿起来,悬挂于立柜旁边的墙上。跟女老师两个人一左一右,盯住细看。

女老师说，为啥要挂起来？

父亲指指点点道，平摆着看，是一只虎，挂起来再看，有可能变成了猫！

那天女老师才刚拿着画离开，母亲就回来了。当晚，母亲跟父亲大吵了一架。小柔正睡得迷迷糊糊，听见一阵叮叮咣咣，睁开眼看见那把大铝壶，浑身坑坑洼洼，一会儿滚过来，一会儿滚过去，盖子也不见了。小柔缩进被子里动也不敢动，胸口怦怦怦。听见父亲斥道，整天吵吵吵，捕风捉影有意思吗？还跑到学校里闹，丢人败兴！母亲小声啜泣，努力隐忍着说，别以为我傻，要不是为了这几个孩子……

自那以后，那位喜欢画画的女化学老师再没来过，听邻居说她提出辞职，调到很远的南方城市去了。以后父亲的脾气越来越暴躁，动不动就发火，酒也越喝越多，看见小柔就怒目而视。

想到此处，小柔猛然间意识到，父亲是不是觉得，那天是她告的密？抬头看了看母亲，她正忙着对付父亲另外的几条裤子。

陪伴父亲的这几天，痛苦像火车一样，轰隆轰隆从早开到晚，日夜不停，抽不出一丝空隙。小柔一睁开眼，父亲就在面前，像一块即将没电了的电子手表。他又坚持挺过一天。

小柔盯着父亲的脸，颧骨高凸，两边脸颊凹陷成两个坑，她忍不住眼泪，低头往外走。父亲在身后说，要走啦？小柔做深呼吸，努力平复心情，转身回到父亲的床边，喃喃道，真的不是我，不是我告诉妈妈的……

父亲怔怔望着小柔，像看陌生人。

小柔抹抹眼角说，睡一会儿？一夜都没合眼。

大概下午三四点钟的时候，绰号"神算子"的人从乡下赶来。父亲昏睡中说胡话，几次提到小柔的大伯伯是这个人的爸爸，已去世十几年。据说神算子研究《易经》多年，在晋北一带家喻户晓，无论哪家婚丧嫁娶，都请他帮着算一卦。

神算子一进家就直奔父亲的房间，站在床边说，看看我是谁？认得出不？咱村"神算子"呀！

父亲已经一阵明白一阵糊涂，扭过脸来看看，两脚踢蹬，支支吾吾，带了哭腔道，追到家里来干甚呀，跟你说我不去，别拉我，别拽我呀……

神算子拉过父亲的右手，手指头搭在手腕上摸了摸，往腰下探一探。走出客厅跟大家说，手已经伸不进去，看来是真不行了。

小柔跟哥哥们面面相觑，不明所以。神算子说，健康人平躺，腰下面是凹的。手伸不进去，说明整个人已经垮了，精气尽泄，刚才，他是看见阴间的亲人喽，免不了要说说话……

母亲转身去倒茶，大哥递过一根软中华，问，现在什么情况？

神算子说，如果不出意外，应该就在今晚……

小柔啊了一声，这么快？

神算子一脸平静地伸出两只手，从左至右，手指掐点一阵道，大概晚上九点钟前后，你们注意看时间，这个点是一个坎儿，用我们的行话，叫"阴阳分界线"，从阴阳八卦的角度说，晚上八点至九点，阴气开始上升，阳气扩散，九点钟时候阴气达到顶点，如果能挺过去，就还能多活几天。

小柔忍不住抽噎，母亲立刻呵斥道，大家注意啊，我们家三代都是知识分子，书香门第，不要学别人家假模假式，哇哇嚎给谁看？人之将死，谁也留不住，哭也没用。母亲的手指戳一下小柔，尤其是你，已经尽心尽力了，谁也不亏欠他，哭啥？不许哭！

三个哥哥对母亲的提议并未提出异议，小柔咬紧嘴唇，努力憋住不出声，但眼泪还是止不住，仿佛在这一瞬间明白了，死亡真的可以了结一切，恩恩怨怨，爱恨情仇。身后一股凉风刮过，那扇沉重的石头大门，现在要缓缓关上，永远地关上了……

哥哥们的说话声渐行渐远，轻言细语，几乎要听不见了，小柔往父亲的房间看。他不教我画画,就因为我是个女孩?回想这三十多年,上大学了,毕业了,要找工作了,他从不关心,不过问,但对几个哥哥还算过得去。他只是静静地流淌在我的血液之中,等我哪一天死去,他跟着再死一遍?

凌晨四五点钟,小柔从混沌中醒来,见父亲瞪大双眼盯着天花板,长时间都不眨一下,她坐在床边说,一夜醒着?睡一会儿吧。

父亲缓缓摇头,睡不着,我不敢睡着,眼睛一闭,他们就要拽我跑,好多人啊,又喊又叫,五花大绑,天太黑,你妈吓得够呛,可不去不行呵……

接连几日衣不解带,小柔累病了,咳嗽得厉害,还有点发烧。她趴在父亲耳边说,我去杨大夫的诊所拿点药,很快回来。

出门时换鞋,又听见母亲对父亲说,我等你开口呀,说几个字,就这么难?

父亲照旧一声不吭。母亲哽咽道,十九岁嫁过来,伺候完你爹,伺候你妈,你管过哪一个?伺候了你六十年,就换不来一句话?太自私……

父亲的声音断断续续,我想一想……让我想一想嘛……

小柔疾步下楼走到街上。平时有点头疼脑热,都习惯来这家私人小诊所买药。药价稍高,关键是图个方便,杨大夫退休前是山西省中医研究所的专家教授,跟小柔一家都很熟。父亲生病以来,头两个月输液,一天来这里两趟,后来他不能下床,杨大夫亲自出诊,直到前几天才不得不停了药。

杨大夫取出几袋清热解毒片递给小柔,说,父亲怎么样了?你妈妈还好吧?

小柔的眼圈又红了。

杨大夫说,他比谁都清楚,只是嘴上不讲,北方男人嘛。

小柔没吱声,咳得越发厉害。

杨大夫从药箱里拿出几个瓶瓶罐罐,这个倒出一点,那个倒出一点,调配好递给小柔说,一口气喝下去,你这咳嗽是急火,肝火攻心,不及时遏制,很可能发展成肺炎。

小柔吞下,咧着嘴说,好苦啊。

杨大夫说,你要留意父亲的变化了,首先是耳朵,说罢抬手指一指自己的耳朵边沿。发现这地方慢慢变薄、变暗,摸上去发硬,要提高警惕了,估计也就三五天的事。

小柔的眼泪又落下来。

杨大夫说,要看病人额头,抬头纹展囉囉、亮晶晶的,那估计是一半天以内的事了。

小柔红着眼睛站起来说,我记住了。

小柔拿完药急着回家,一路上脚步踉跄,胡同里的那条流浪狗，对着她汪汪叫了好几声。

母亲正在剪衣服，连扯带撕，刺啦刺啦。身边已经摞了一叠。

小柔看了又看，问，这是弄啥？

母亲嘴巴朝床上努了努，说，反正没机会穿了，全棉莫奈尔，不如拆了做尿布，尿不湿一片就要十几块哪……

小柔的脑海中一片空白。

母亲说，很多衣服一次都没上过身，长款短款、皮衣、皮夹克，还有去年才买的貂皮大衣，哎。

小柔盯着这些剪得七零八落的衣服残片怔怔呆看，忽然想起杨大夫的话，趴到父亲的耳朵边看一看，摸一摸。似乎没什么变化？妈，平时爸爸的耳朵边硬不硬？

不知母亲是没有听清，还是不愿意开口，只是埋头拆衣服。刺啦刺啦刺啦。

父亲缓缓睁开眼，身体死命往墙边挪，可又使不上力，紧锁眉心，憋得面孔发紫。

母亲停下手里的活儿，不耐烦地来了一句，床上就你自己，让给谁呀？看见谁来啦？

父亲吭哧吭哧，眼睛越瞪越大，目光呆滞，他抬起一条腿踢、踹,手往墙上乱抓乱摸。

小柔想起神算子的话:"循衣摸床,手乱摸墙,阳气彻底涣散。"

太原九月的阳光,到正午时仍然很猛,刺眼而炙热,此刻从窗外直直射进来,不够深入,飞絮般迷蒙。小柔盯着父亲发呆。阳台的门大开,门框上怎么站着一只蝴蝶?立刻去拿那把放在电脑桌上的纸扇。门框上的蝴蝶跟扇面上这两只,一模一样?小柔心里一颤,扇子差点扔了。她使劲儿揉一下眼睛再看,那蝴蝶消失不见了。

小柔走过去把阳台门轻掩,发现油漆已渐现斑驳,与墙壁平齐,这才看清楚,并没有门楣一类。可刚才那只蝴蝶,明明站在那里,足足有一尺来高,翅膀频闪,振翅欲飞似的。小柔喃喃自语道,眼花了?

父亲问,现在几点,几点了?想看表,胳膊抖得抬不起。

小柔说,要不要戴眼镜?

父亲的眼球由于常年佩戴高度近视眼镜,明显外凸,看表时努力瞪大,让她想起搁浅在岸边,在绝望中坐以待毙的鱼。

父亲双臂交叉,缓缓放在胸前,想咳,又没力气,咧嘴抻脖,喉咙里呼噜呼噜开火车。

小柔从上至下,在父亲胸口慢慢摸索着说,憋得难受?恍惚间一瞥,门头上那只形销骨立的巨型蝴蝶,再次出现,木雕般伫立,一动不动。小柔心想,还想着飞起来?

不记得神算子什么时候离开的。小柔后来躺在父亲身边迷迷糊糊睡着了。醒来,天已大暗。黯淡灯光中,看见十几个人,分不清是男是女,看不清长什么样,脑袋上通通裹着一条羊肚子白头巾,黑绸裤、白夹袄,肩头扛把镢头,沿田间小路,只顾埋头疾走。悄无声息的画面,连成一串墨色剪影,一个紧跟着一个,从小柔的眼前经过,看也不看她。

小柔说,这难道就是母亲讲过多遍的,传说中的"引魂人"?

三哥正在客厅来来回回打转,听见说话声,走进来问,啥?

小柔没反应,在床上痴痴呆坐,恐惧中似乎有一点平静。自己是不是也应该加入这一列队伍中?

三哥跟母亲说,我妹太累了,睡得发癔症,不知道胡言乱语些啥,哎。

小柔扭头看父亲。他的眼睛睁得很大很大,不见一丝光亮。眼皮微颤,眼睫毛被分泌物粘住了,嘴唇哆嗦起来。她趴他耳边大叫,爸爸!爸爸!心扑通扑通。

父亲眼白翻翻,黑眼球又回来了,瞥了小柔一眼,光亮转瞬即逝。父亲的呼吸慢下来。嘴巴一张一翕,越来越慢,再慢,更慢,只吐气不吸气了。小柔不断地轻唤,却似乎再看不到任何反应。她大喊起来,妈!妈!一种茫茫无依的熟悉感瞬间袭来。喉咙被无形之手紧紧扼住。想起自己十七岁那年,第一次出远门,孑然一身,去往那座陌生的北方城市,路远,又不熟……

哥哥们听见喊声都奔过来,父亲嘴巴大张,已经彻底不动了。母亲俯身趴在他胸口听了听,抬头看墙上的挂钟。

大哥嗨呀一声道,刚好九点整!

小柔刹那间怔住。觉得自己仿佛变成一棵树,在父亲的窗前默默生长,灯光星星点点洒出来,月光下影影绰绰开出一朵小花,淡淡的黄色,但永远只能隔着窗窥探。

小柔终于不得不接受,父亲就是这样一个人。血浓于水,爱与不爱还有什么重要?然而当一切的一切都应验成真,仍不容易接受。小柔曾无数次跟母亲提及,要想得到寻常父爱,就要想方设法让父亲主动跟自己说话,像正常的父女一样交流,他说她听,不管说什么都好,哪怕只是一贯的呵斥。他哼个不停,她心里乱刀飞舞,最后连人影子也不曾剩下。很可惜,现在连这个机会也没了,永远不会再有了……

母亲杵了小柔一下说,你先出去吧,我们要给你爸爸擦洗,趁现在人还软着,赶紧穿衣服。停了一下又说,瘸子预先交代过,咱这地方有讲究,父亲一咽气,闺女就不能再看,你出去吧,出去,去吧去吧。

小柔茫茫然无动于衷,大哥说,妹妹还想说啥,现在再说几句?他还能听得见。

小柔看看哥哥,脑子里一片空白,想了想,俯身在父亲的脸上亲了一下说,爸爸不要怕,你不要怕呵……眼泪涌上来,跳下床冲进隔壁房间,砰地把门关上。听见几个哥哥分头打电话发信息,通知所有亲戚,以及各自的朋友同学。

"殡葬一条龙"的店老板是个瘸子,带领一众弟兄,第一时间赶到。进门二话不说,前后房间指一指,吩咐手下人,大小相框,赶紧收起来;卫生间里的镜子、屋里各个门窗玻璃、茶几面,家里只要是能照得见人影的地方,通通拿白纸糊起来,魂灵能在反光中看见自己的脸,老爷子要是流连忘返,不舍得走,那可不是闹着玩儿哩!

大家于是摘的摘,贴的贴,分头忙起来。

瘸子走到几个房间快速查看了一遍,站在客厅给兄妹四人做安排。没有专门的供桌,临时就用电脑桌替代,但供奉的东西千万不能出错,他扳着手指详细交代,五谷一碗,就是用五样谷类;香炉一个,供香粗细都要有,多准备几把。扭头问,时鲜瓜果，老爷子喜欢吃的糕点，都事先买好没？

二哥点点头说，都准备好了。

瘸子嗯了一声继续，点心要用花点心，稻香村的掉渣点心最好。另外大米小米，黄豆绿豆，分别装一碗，红豆黑豆不要，务必装满啊！不然老爷子吃不饱，可不好上路。听清楚没？

大哥刚准备起身，小柔说，我去吧，转身跑进厨房，听见瘸子在身后说，每个碗正中间，要插一双筷子，本来应该用银筷，没有就算了，用不锈钢筷子替代，木筷竹筷千万不能用啊，碗上面最后再加盖一个大馍馍。说完走进父亲的房间，再没出来。

夜里近十一点钟，瘸子在父亲的房间里喊，闺女在不在？哪个是闺女？

小柔来不及反应，有人推了她一把，快进去呀！快进去呀！没听见叫你？

刚走到门口，瘸子探出头问，你是闺女？

小柔点点头。

你现在立刻出去买一个彩盒！要快！

小柔呆立原地不动。瘸子说，颜色越多越好，但里面绝对不能带镜子，记住没？快去快去！

未及多问，门已经关上了。小柔一头雾水。彩盒？什么彩盒？

边上有人提醒,自己平时不化妆?哎,闺女恓惶(可怜)噢,吓傻了……

楼道的两边,不知什么时候已经贴上正方形白纸,四十公分大小,从四楼一直到底楼,每层四张,左右对称。楼宇防盗门大开,从楼道里另外接出一根电线,两只大瓦数电灯泡裹了一层白纸,于夜风中微微摇曳,白光烁烁。

楼门前靠墙摆了一溜花圈,有几个人站在对面吸烟。一个说,这家老爷子有福气,听说是个大干部,花圈都是鲜花现扎,我们一接到电话,立刻赶到瘸子店里帮忙。那人停了一下继续说,瘸子以前跟他家二小子在一个工厂,轧钢车间,工伤后病退,嘿,鸟屁成精,气死老鹰,这哥们儿命大福更大,厂子边上租间巴掌大门面,开了一家香火店,没几年就赚得腰包鼓囊囊,现在在太原市殡葬行业里,数得上的龙头老大,人哪……

边上人嗯了一声说,腿没白瘸。

另一个人接过话题一转道,戌时可是一天里最金贵的时辰,听说这老爷子走的时候,恰好晚上九点?拧不拧(厉害不厉害)?真神了嘿!

边上人马上附和一声,可不咋?瘸子一接到电话就直说老爷子有福之人,十点钟以前走的都福及家人,阎罗王那里立刻登记在案,分秒必争,等时辰一到,第一批投胎转世,停了下又说,太原人讲究"三天之内打发完,出殡火化带发丧",明后天正好赶上双休,你看周全不周全?啧啧,甚都没耽误么……

小柔掉转头一路小跑,最近的一家大型超市,再有半个多钟头就要关门。她冲进去直奔化妆品柜台,到了跟前又开始犯愁。父亲清高了一辈子,什么都喜欢高人一等。拿过一盒标价最贵的彩盒,翻看背后的说明。导购员走过来说,刚到的新款,眼影眉粉胭脂带唇彩,全套,总共十三色,你是自己用,还是?

小柔不吱声,拿了就走。

收银口只剩一个开着,收银员低头紧盯手机,不知在看什么,不时嘻嘻笑。小柔默默递过彩盒。

机器滴嘟一响。收银员头也不抬报价,三百六十九块。

回去的路上小柔想,恰好三百六十九块,三六九,天天有,十三种颜色够不够?眉粉里有黑色,是不是帮父亲把白眉毛描抹一下?

回家要经过一个胡同。胡同口是一间公厕,边上紧挨着一个"串串吧"。看公厕的老黄是个罗锅,年过半百还没结过婚。这串串吧已经开了一年多,有一天人们发现,店里来了个帮手,挺结实的一个中年妇女,见人就笑着招手。是个哑巴。串串吧的生意极好,因为油烟太大曾遭人匿名举报,关了一阵。没过多久又重新开门,营业时间改到夜里七点钟以后。

一直要开到后半夜。走过时总是油烟滚滚,但来吃串串的人并不会因为这里油烟滚滚就不来。来的人里大部分是出租车司机,也有附近学校的中学生。他们或开了大半天车还没吃东西,或下了晚自习饿了,坐下先来三五个烤馒头,辣酱免费,再来几串牛板筋或羊肉串,就算一顿饭。

小柔已经走过去了,又扭过头看一眼,心想,他们肯定不知道这串串吧以前是一个太平房。幼时听父亲讲起过,这地方早以前是市公安局的内部医院,本来很僻静,后来到处盖高楼,市中心集体南移,公安局搬迁后,医院自然也不复存在。太平房空关了没多久,里外粉刷一新,对外出租。老黄以前在这家医院做保洁,租下来开了这家串串吧。每晚天一擦黑,来吃烤串儿的人总是很多,照样油烟滚滚,但再没听说有什么人举报。

小柔走到楼下时,门口那几个人已经不聊天了,蹲在地上打扑克。有个人啪地一甩,梅花吊主!

进家先敲父亲的门。瘸子出来看也没看就说,这个彩盒你自己要随身带着啊,到了殡仪馆,闺女要负责给老爷子补妆。话没落音,进去了。

三哥的几个铁杆儿哥们,闻讯相继赶到。以前住平房时,他们经常来家里蹭饭。叫父亲童主任,把小柔当亲妹妹。此刻看见她站在客厅发呆,一脸愁苦,都纷纷上前打招呼,安慰几句。

三哥拿着几副白手套走过来说，不知道老二咋搞的，明明是八个人抬棺材，他只买了七副……

一个人立刻打断道，都是自家兄弟，跟送自己的亲爹一样，还讲究那些干甚？

几个人都没要白手套。

三哥低头沉默片刻，从裤兜里抓出一把一元钱硬币，给每人手里塞了两枚。

一个人跟另外几个小声地交代，大家起棺的时候多注意了啊，一路上要喊老爷子的名字，喊大名，不要停，一直喊到殡仪馆，到阎王爷那里报道，要经过七道关卡，落下哪个都不好……

边上人嗯了一声说，阎罗好见，小鬼难缠，买路钱交不够，麻烦……

瘌子在父亲的房间忙活了好一阵，推开门看见小柔站着发呆，说，叫你母亲过来一下。小柔喊，妈！妈！

门缝中，只见父亲头东脚西，直挺挺仰卧，脚下蹬了一双白底白边千层底黑布鞋。嘴巴已经闭上，下巴处垫了一本他最喜欢的《康熙字典》。他的手里好像捏着什么东西？小柔刚想探头看个究竟，瘌子手一挡，厉声道，闺女现在不能进啊！惊动了鬼魂大仙，你父亲的魂儿招不回来！

父亲的身下铺着黄色草纸,身上盖块白布,瘌子对母亲说,老爷子"铺金盖银",基本准备就绪,说着把一件黑色风衣递过来,老太太,这外套老爷子可不能穿。

母亲一愣,说这可是进口雪花呢,我家老头最喜欢的款式,定制就花了半个多月。

瘌子摆摆手打断,穿黑衣,老爷子会变成驴,见母亲的脸色霎时变得惨白,他语气一转道,那件人字呢大衣,我看就很好嘛。一扭头,看见灵堂上父亲的照片,似乎想起什么,走出来跟几个哥哥交代。

母亲拿着黑色呢大衣愁眉苦脸问小柔,怎么办怎么办?两千多块呀……

瘌子说,本来应该焚纸钱和床铺草,老爷子一咽气,就应该马上烧,你们一家文化人,不知者无罪,不讲究了。走到卫生间跟厨房检查了一圈,退回来说,客厅小,在家烧上路钱、下床草,不现实,太呛,楼道里通风不好,我看就烧一点钱串子替代吧,意思意思。

小柔小声叨咕一声,爸爸别生气啊。

母亲从卫生间拿来一只不锈钢脸盆。瘌子看一眼说,最好是能摔碎的。

本来应该点香油灯,不好买,就用燃香替代,放两颗鸡蛋,瘌子指一指说，倒头蛋，一边一个。又特别强调，这炷香千万不能灭啊，快要烧完，马上再点一根，要能续上，代表长明灯，不然老爷子看不清楚路，走不好摔一跟头，大麻烦……

正说着，大舅舅跟二舅舅陆续赶到，表哥表弟表妹紧随，进门先到灵堂前三鞠躬，每人上一炷香。

瘸子立刻指挥兄妹四人，接下来再来祭拜的客人，无论长辈晚辈，亲朋好友还是陌生人，只要有人来祭拜，你们做子女的，要跟在边上陪跪，以表感谢，等客人上香完毕再起身，掉转头拍了拍小柔的肩又说，闺女陪女客，儿子陪男客，记住没？

小柔跟哥哥频点头，扑通扑通跪下来。

跟父亲要好的同学也相继赶来，看见母亲泪先淌，聊几句便准备离开。屋小人太多，到处站着等待祭拜的人。母亲双眼红红的，不断地说谢谢谢谢，正要送客人出门，瘸子又开了口，大家注意了啊，送葬路上最忌讳与相识的人打招呼，迎来送往，老爷子入土之前这几天，主家可以打手势感谢，心意尽到就行了，不然，对被招呼的人家不好呵……

天刚蒙蒙亮，小柔和三个哥哥，亲朋好友百十来号人，跟在"殡葬一条龙"店老板身后，匆匆下楼。瘸子在出小区大门时停住，把不锈钢拐棍朝天挥舞一下说，长子是哪个？到前面打头。

大哥抱着父亲的枕头快走几步。瘸子扫了一眼小柔说,闺女跟在儿子后头。

地上摆了一个大砂锅,黄白钱串子是女人们连夜赶剪做的。袅袅青烟升腾四散,瘸子在摇曳火光中大声地说,老爷子,黄金白银好好享用啊,喜欢甚就买,不用担心不够啊!转身拿过大哥怀里的枕头一把扯开,抓出荞麦皮往空中左右一扬,高喊,起大殡,上大路喽——

兄妹四人面朝西方跪倒,磕了三个响头。纸钱燃尽,大哥将砂锅举过头顶,啪的一声摔碎。大家起身。一执事人手捧纸钱袋,边走边撒,前头引路开道。

去往殡仪馆的路上很顺,时间尚早,街上没什么人,车队静静行驶。太原夏末初秋的清晨,风微天晴,太阳还未升高,丝毫不觉得热。

小柔平生第一次踏入这种地方,等待火化的人排长龙。前厅正中悬挂偌大电子显示屏,下面备注预约时间与告别厅编码,宽银幕电影似的不断循环。陌生的名字来回滚动,红得耀目,突然跳出三个字——童根生。头一次在这种场合看见父亲的名字,小柔的心里五味杂陈。往大厅四处看看,戴黑纱的胳膊有左有右,不少人胸前系了根细细的红布条,面色凝重。有人眼眶泛红,凑一处低声交谈,偶尔听到几声哭,极短暂,来不及体味,哭声已戛然而止。

耳边隐约有音乐传来,但并非想象中熟悉的哀乐,而是肖邦的《葬礼进行曲》。小柔莫名地长舒了一口气,心想,要是自己的这种状态被父亲看见,估计不仅仅是哼一声那么简单。会不会被骂大逆不道?

记忆中,父亲的名字无数次出现在各个公众场合。"童根生"三字在小柔的眼前蹦跶起来,字体忽大忽小,推远拉近,心里一绞,像被什么东西揪了一把。小柔只觉脑袋垂沉,仿佛挂了块铅,眼前星星闪闪烁烁,倏地一下,被黑暗吞噬。

万物静默隐遁中,一线光亮再次缓缓露头。小柔醒来时倒在地上,一个女人蹲在边上摇着她的胳膊说,闺女,闺女醒醒!想开些……

小柔睁开眼,努力地笑了一下说,我没事。说完感觉轻松了许多。

女人扶小柔在就近的空位上坐下,对边上的男人说,饿不饿?可得等一阵子,要不先出去买点吃的?

男人嗯一声,起来走了。

殡仪馆的吊唁厅有大也有小,等待叫号的家属不断进进出出,意想不到的热闹。男人很快回来了,手里拎着一袋包子跟几瓶矿泉水,站在小柔面前晃了晃说,时间早着呢,吃一口垫巴垫巴？不然怕是顶不到后半晌。

小柔低头不语，女人朝男人摆了摆手，把一瓶矿泉水塞进小柔手里。

男人自己吃起来，才咬一口就骂，日他妈，在这地方做买卖也敢瞎糊弄，包子一点不新鲜，操！花老钱买了碗兔子血，贵贱不是个东西，温坨子（不热）！

等了近半个钟头，有人过来拍拍小柔的肩说，走吧，到了。

父亲刚刚从停尸柜里推出，身上覆盖大块绸布，黄得耀目，从头裹到脚，只露面孔。躺在统一标配的薄木棺材里，父亲整个人似乎缩小了一圈，但看上去气色不错，面庞白里透红，神情安详，眉头彻底舒展，头上戴顶崭新的列宁帽。母亲说，为了买这种款式的帽子，太原市大街小巷，几乎跑断腿。新配不久的防辐射近视眼镜哪里去了？不戴眼镜的父亲，让小柔感觉陌生。父亲的嘴唇涂过唇膏，在冰柜里睡了一夜，颜色有点晕染，显得嘴巴更阔更厚，微微撅着，紧闭。好像动了一下？小柔的耳边传来熟悉的那声"哼！"不禁身体一抖。

第一次这么近距离观察父亲。眼睫毛真长，双眼皮，鬓角的头发已经彻底白了，几根白色的眉毛十分打眼。小柔心想，爱美爱了一辈子，以前每隔三两天，要焗染一次，去美发厅太费钱，每回都是母亲帮着弄,他举一把小镜子前照后看,不允许有一星半点白色露头,可现在……小柔想到这里不禁有些生气,那个高价请来的瘸子,昨夜化妆肯定没画唇线就直接涂唇彩,头发眉毛也没焗染……

父亲颧骨处的颜色太浓,圆圆两团胭脂,小柔脑海中跳出古戏文里的媒婆。看着面前这个有点滑稽的男人,熟悉又陌生,眼泪止不住地流。不断有人鱼贯而过,拉起小柔的手紧紧一握说,节哀顺变吧,多保重。

小柔一直在惦记那只十三色彩妆套盒。捏了捏小挎包,手心里都是汗,后背却丝丝发冷。

瘸子自己主持告别仪式。背景音乐临时更换为父亲平时最喜欢听的唢呐吹奏曲《百鸟朝凤》。快板急促而热烈,散板婉转跌宕,百鸟欢鸣中,小柔听见有人在一旁小声地议论,这曲子一般人只可吹两台,吹四台那就已经了不得,位高权重者才配吹八台,这家老爷子不一般呵。

边上人道,要花钱哪!有钱能使鬼推磨……

本该由孝子为父亲"开光",不知何故,临时改换由闺女替代。

小柔正站着发癔症,眼前一片虚空,恍惚间听见有人在喊,小柔！小柔！童根生的女儿是不是叫小柔？

一个陌生女人急奔过来，扯起小柔就走，不高兴地埋怨，咋回事？傻子一样杵在这里干甚？没听见喊你？我们这场只有半个钟头！

站在棺材边上，小柔接过瘸子递过来的两根医用棉签。一个白骨瓷碗里盛了半碗白酒，棉签伸进去沾了沾，瘸子示范了一下动作说，你稍微往后靠一靠，等下要注意眼泪啊，千万不能落到你父亲身上，不然老爷子可走不利索，记住没？

小柔默默点头。棉签在父亲身上比画着擦抹一下。瘸子在边上大声地唱词，开光喽！身体各部位功能，通通复活了啊！

开光顺序从头到脚要过一遍，依次为眼、鼻、口、耳、胸、右手、左手，最后是脚。瘸子说一句，小柔跟着复述一句。她脑袋一直嗡嗡嗡响，像埋了一面鼓。一开始不知是紧张过度，还是心神不宁，擦眼睛本应该横着擦，小柔不小心竖着抹了一下，父亲的右眼忽然睁开，她差点叫出声，手一哆嗦，棉签也扔了。

瘸子皱着眉头哎呀一声，斥道，死人睁眼，丧师收手。他把父亲的眼皮往下快速一抹，说对不起啊老爷子，闺女不是故意的，她是舍不得你走，说完扭头瞪了小柔一眼，刚才不是都跟你交代过了，咋回事吗？瓷迷瞪眼（呆傻）闹甚？来，跟着我做！

小柔深呼吸强迫自己镇定，脸憋得通红，努力集中注意力，有样学样。但还没来得及真擦,瘸子伸手一挡说,不用当真抹,意思意思就行了。每意思一下,瘸子口里都振振有词,开眼光,看西方,见了佛祖喜气洋;开鼻光,嗅馨香,脱离六道悟真常;开口光,吃斋粮,口念弥陀奔西方;开耳光,听十方,五慧弥陀收贤良;开心光,莲花放,见佛闻法放慧光;开意光,立志向,万缘放下归佛乡;开手光,捻佛香,离苦得乐大吉祥;开脚光,奔西方,西方极乐是家乡……

小柔从头至尾都木呆呆的,仿佛一只提线木偶。刚在父亲的脚底板意思完毕,瘸子大声地喊,老爷子,踩踏莲花登开堂了啊——扭头扫一眼小柔,说你可以站回去了。

就见瘸子在父亲膝盖下方等当比画了一下,扯住绸布的一角,只听刺啦一声,拦腰扯下一块,对折再对折,均分成四块,转身——分给小柔跟三个哥哥。瘸子说,这块绸布万万不能离身啊,三年以内,必须每天随身携带,你们的父亲,在天上保佑着你们呢。

父亲的棺木即将被推进燃烧室,不知是谁在背后推了小柔一把,快点追上去呀!追上去,快快!你是闺女!追上去在棺材盖上拍一巴掌!大哭几声!

小柔如梦方醒,差一点就喊出来,包包里的十三色彩盒,到底啥时候用啊?但她嗓子眼儿仿佛被什么东西堵住了,嘴唇颤抖,发不出声,她噔噔噔紧跑几步,在棺材盖上啪地拍了一巴掌,眼泪再次夺眶而出。她听见瘸子在身后大喊,老爷子一路好走哇——

再看见父亲,大概是一个钟头以后。殡仪馆专门捡拾骨灰的地方,由十二个洞状的小窗组成。分别代表死者不同的属相。工作人员穿件蓝大褂,面无表情,拿着一个小簸箕站在窗口喊:"童根生!童根生!童根生的家属!"

大哥疾走几步过去,挑拣出几块骨头。工作人员手边摆着一把铁锤,众目睽睽之下,手起锤落,骨头立刻被砸得粉碎。

小柔的眼前再次模糊。胸闷。窒息之痛滚滚袭来。

工作人员把父亲的骨灰用小笤帚扫进一个黄色绸袋,放入骨灰盒之前,铁青着脸看着大哥说,检查清楚啊,是不是你家人?这东西拿错了,可没办法退换,没售后。

骨灰盒是母亲几个月以前,在瘸子的店里精挑细选买来的。瘸子说,骨灰盒质地最关键,要不易裂,抗腐蚀,这直接影响到逝者可否自由地穿梭于阴阳之间,尽早回归大自然。在所有陈列品中,母亲选了这款最贵的,当时打电话给小柔,说她已经找人仔细询问过了,有句老话,生在苏州,死在柳州,就给他定下这款吧,柳州上好的金丝楠乌木。小柔微信滴嘟一响,母亲同时发来几张照片。小柔听见瘸子在电话那头喋喋不休道，水不浸，蚁不穴，乌黑华贵，断面柔滑细腻，阿姨你摸一摸，这可是特殊木质，油性大，耐蚀耐潮，带一丝天然木香，正儿八经的万年不腐不朽哪……小柔在电话这头问，多少钱？母亲挂了电话发过来几个字，三万多块。

小柔盯看那只骨灰盒。前侧正中间贴了一张两寸黑白照。父亲鼻子上架了一副大书法家祝枝山喜欢戴的那种眼镜。水晶片，无框，圆圆两片。小柔对这副眼镜并不陌生。这东西可是当年全校老师的宝物，谁的眼睛上了火，红肿痒痛，见风流泪，就来跟父亲借去戴那么几天，眼里的火气立马就消下去了。父亲偶尔心情不错，会摘下水晶眼镜给小柔看。小柔举起眼镜迎着太阳，眼底一阵清凉。父亲说，水晶镜片对紫外线有阻挡作用，败火，清心凉目。真有那么神奇？父亲一声不响，把眼镜拿过来，不知怎么轻轻一掰，啪嗒一响，取下一只镜片，在玻璃上刺啦划了一下，一道刻痕赫然在目。父亲照旧一声不响，双手不知怎么又轻轻一掰，啪嗒，镜片完好如初，他这才哼了一声道，到我这里，已经传了四代！后来，这幅水晶眼镜，在母亲跟父亲的某次升级争吵中碎了一片，另外一片最后亦不知所踪。

浮现在眼前的父亲，双目炯炯、不威自严，唇边又带着一丝隐隐的微笑，这样的形象永远停留在了小柔的童年时代……

离开殡仪馆前,大哥塞给工作人员一百块钱,遵照瘸子的意思,图个吉利,抽出一根软中华递过去。铁青面孔立马转换,那人把软中华往耳朵后面一夹,嘴巴努努说,剩下那半盒,还打算带出去?嘻,这啥地方……

大哥愣了一下,赶紧递过烟盒说,辛苦,辛苦。

那人点点头,笑嘻嘻地说,朋友节哀保重,指一指骨灰盒,这寿盒可没少花钱,老人家也算功德圆满喽。

小柔跟在哥哥们身后出门,听见工作人员大声地提醒,黑雨伞赶紧撑起来啊!老爷子见光魂飞魄散,就麻烦大球了……

父亲终于入土为安,一家人稍稍松了口气。

小柔整天昏昏沉沉,没吃晚饭就早早睡下。怎么也睡不踏实,总觉客厅里有人不停在走。沙沙,沙沙,沙沙沙。

是不是爸爸回来了?小柔叫,爸爸!迷迷糊糊睁开眼,却发现母亲独自站在父亲的灵堂前发呆。

三个哥哥在隔壁房间,鼾声如雷。

小柔一下子清醒了,光脚下床,趴门缝往外看。

母亲拿过一根线香点着说,我压根儿没睡,你以为我就不困?不敢睡呀!担心燃香已尽,来不及续,孩子们都累坏了,一个礼拜没睡过囫囵觉,他们哪受过这罪?哎,你也睡吧,好好睡,我不逼你说了……

　　小柔正犹豫该不该出去，又听见母亲说，你不要怕天黑，看不清路，有我在，长明灯会一直亮，一直亮，一直……母亲不说了，忽然朝着父亲的照片深鞠一躬，肩头微微抖动。

室内地道

三十年前的奶奶不曾想到,紫藤在南方随处可见,开花一如紫云。小柔已经长大回到上海,春天特意去中山公园看紫藤,长时间凝望那些紫藤花,眼前浮现出奶奶的面孔,静静地看着她,笑眯眯地沉默。眼前的花朵,常让小柔感动,它们美得细细碎碎,仿佛奶奶在耳边,有一搭没一搭地唠叨。

爸爸究竟去哪儿了呢?有次吃晚饭,小柔刚一开口想试探着问,爸爸他……话音未落,妈妈立刻就炸了,斥道,隔墙有耳,祸发齿牙,读再多书有啥用啊?妈妈说这话时,头往前伸,她当时正夹了一筷子干煸辣椒雪里蕻,送到嘴边又停住,啪的一声甩出去,瞪着一双麻黄黄的眼睛。但若细细看,能看出她曾经很漂亮。小柔只觉耳边嗡嗡嗡直响,妈妈幽怨深似海,吃一口,停一停,鼻子里哼一下,筷子头点在桌子上说,怎么不吃饭,等人喂你吗?小柔不敢抬头看,手里的小勺哆嗦起来,觉得胸口有一只小兔,扑通扑通跳。那一年,小柔还不满六岁。

妈妈的脾气越来越糟糕,甚至变得有些怪,人家跟她闲聊,稍没注意,不知道哪句话分寸没有把握好,她面孔立马一耷拉。时间一长,别人远远看见她,立刻黄花鱼溜边走,能躲则躲。晚饭后,小柔看电视,《动物世界》里的那头红毛狮子,不知怎么看着看着就变成了妈妈,哇噢一声怒吼,后背沁出一层冷汗。至于"爸爸",对小柔来说,是一个附属代名词,一种单纯的称谓。

妈妈本来就不善言辞,最近越发怏怏不乐,从早到晚没有一句话,看都不看小柔一下。大多数时候,她坐在窗子边发呆,可以望着院子里的那棵老槐树看一整天。小柔从奶奶嘴里得知,这棵树是爸爸亲手栽种的。那时正值春夏之交,老槐树枝繁叶茂,幽香四散,是太原沿街小贩叫卖香椿的季节。一场秋雨一场风,老槐树很快便花败叶落,天气眼瞅着就冷下来。

小柔不记得从哪一天起,妈妈开始在家里挖地道。镐头铁锹齐上阵,邻居们竟然毫无察觉。她只在晚上才开始行动。妈妈说,挖地道是作战,要讲策略,技术很关键,伟大领袖毛主席的"十六字诀",革命人代代传家宝,闻一知十、触类旁通、举一反三、活学活用,懂吗?小柔一脸茫然,立在墙角哆嗦。妈妈说,前线紧张、后方缓冲,英雄流血我流汗,性质都一样。她神情渐趋平缓,素日里皱成川字的眉头,彻底舒展开来,出现少有的笑容。

妈妈忽然蹦出一句太原话,趁敌不备,深入割倒(意为:悄悄地进行),敌进我退,敌睡我闹。太原话里"闹"字多为动词,比如相约喝大酒,一个说,闹一顿哇?另个答,闹就闹!再或者马路上两个人吵架,一堆人围观,不知是谁大喊了一句,闹他!闹他!众人立马跟风大嚷,闹!闹!意思就是"揍他,揍他"。而妈妈口中的"闹",是指"开挖"。不到六岁的小柔,见妈妈开心,自己也很开心,鹦鹉学舌般一起跟着喊,闹!闹!

每天天一擦黑,暮色四合时分,妈妈把中午从食堂打回来没吃完的饭菜,一股脑倒进小铝锅,加一碗水,咕嘟咕嘟煮着,天天顿顿如此。妈妈没出问题以前,每隔一阵子,会用碱面里里外外擦洗一遍小铝锅。出问题后,有次做烫面饺子,用生面,和好后没发酵,直接做,水没加够,糊了锅。没多久,她又开始挖地道,糊锅的次数与日俱增,现在锅底子乌沉沉扒满一层,煮什么都一个味道。小柔望着眼前这一锅东西,分不出红绿素荤,噘了嘴实在吃不下。妈妈三扒两口,已经一大碗落了肚,筷子一搁,碗都顾不上刷,径自跳进地道,开始闹上了。

自投入"地道战"以来,小柔觉得,妈妈像是把自己彻底忘记了,完全不记得她还有一个不到六岁的女儿,需要人照料。小柔的生活秩序大乱。妈妈白天睡觉时,小柔独自跑外头疯玩儿,她不能理解,以前很要好的小朋友,一看见自己,通通拔腿就跑,像躲瘟神。她站在原地呆看。小朋友们跑出去很远了,还回转身朝地上呸呸吐上两口:"黄毛杂种——"小柔再也不愿意出去玩了,待在自家的小院子里,墙上地上,胡写乱画,写的最多的是妈妈早前教的三个字——王八旦。"蛋"字笔画实在太多,怎么写也写不好,妈妈当时被问得心烦,就教一个简化体的"旦"字,敷衍了事。

午饭的时间到了,妈妈还睡着,小柔肚子叽里咕噜,蹑手蹑脚到处找吃的。能往嘴里塞的,她都吃。踢到一只干裂的莜面窝窝,它在地上蹦跶了几下,捡起来,硬得能咯掉牙,打开水龙头冲了一下,左边啃啃,再换右边啃啃,凑合着咬下来一块。小柔实在太饿了,嚼几下就咽,窝头卡在嗓子眼,张着嘴巴,抻直脖子,小脸憋得眼泪都出来了,窝头咽不下,吐不出来,感觉快背过气去,咕咚咕咚灌了两大口自来水,终于咽进去了。冷水一击,小柔咳嗽起来,抓过一条脏毛巾捂嘴巴,要是把妈妈吵醒,可就惨了。饭桌下有一块豆腐干,有一层浅浅的白毛,捡起来,水冲一下,塞进了嘴巴。芥菜疙瘩萝卜条,生蛆的干枣,把里面掰开,水龙头下面冲冲,吃得香。碗橱深处有小半把干挂面,已明显泛了黄,一伸手,两只蟑螂仓皇逃窜,小柔妈呀一声,刚出口就捂住嘴,头皮一阵发麻,决定煮熟了再吃。"生病闹肚子,妈妈可顾不上给我吃宝塔糖。"她自言自语,微微难过了一下。以前每过一阵,妈妈会从学校医务室领一小包宝塔糖,给她驱蛔虫。宝塔糖是淡淡的小鸡黄颜色,甜甜的,还带了点奶香,最后一次吃是啥时候?想到此处,小柔不由瘪了瘪嘴,努力忍着,没让眼泪落下。人小灶台高,一没留神,酱油瓶子带到了地上,啪的一声四分五裂,酱油洒了一地,她屏住呼吸仔细听,还好还好,妈妈没有被吵醒,还在呼噜呼噜开火车呢。小柔长长地舒了口气,拿簸箕撮了地道边的土,消灭罪证,把自己弄得像一只小泥猴。

刚刚清理好,有人笃笃笃地敲门。小柔一愣。是奶奶进城来了。

"奶奶"二字还未及出口,小柔便一头扎进她怀里,委屈地啜泣,但哭得很小声,使劲憋着。

望着眼前堆成小山的碎砖、破瓦、土坷垃,奶奶摸着小柔说,俺来就好了嘛,她想干甚就干甚哇,怨天尤人也不顶用,俺一直担心,家里堆满土,亲疙蛋咋办?你大大一时半会儿回不来,唉,蚂蚱腿上的疖子,能挤几两脓水?好在关了门,是自家刨掘,外人看不见,俺娃可不敢胡乱说,记住没?小柔抽抽搭搭,抬起一双泪眼看着奶奶,点一点头。

祖孙俩悄悄掩上家门,来到院子里。小柔破涕为笑。这趟进城,奶奶带来了几只鸡。两只芦花,体型椭圆而肥大,单冠,羽毛黑白相间,公鸡的斑纹,白色明显宽于黑色,母鸡的斑纹,宽窄则基本一致。另外的两只鸡,一黑一白,体型十分娇小,站在芦花鸡边上,好似童养媳。小柔好奇地蹲下来,伸手摸一摸,问奶奶,鸡咋那么小?奶奶说,这叫元宝鸡,早前可金贵着哩,有钱人家拿来看着耍的。奶奶手一指说,腿短个子矮,倒长五个脚趾头,日怪不日怪(奇怪不奇怪)?小柔目不转睛,黑元宝鸡通体羽毛漆黑,油光锃亮,黑中藏金,大丛冠,艳丽夺目,尾羽微微内翘,酷似一只锃黑发亮的元宝。奶奶说,外一怪(那一只)是母的,养好一样抱蛋。小柔跪在地上细看。那只元宝小母鸡,通体羽毛雪白、鸡冠短小,冠齿红如火焰,一双肉髯赤若宝石,光彩照人,立在那里一动不动,秀美无比。小柔从来没看见过这么漂亮的鸡,她欣喜地摸着它们,忍不住嘻嘻嘻地笑开了。奶奶小声唱道——元宝鸡哎,两头翘哎,耳边叫哎,不觉吵哎。从那以后,这几只鸡,便成了小柔最好的玩伴,她从来没想到自己的生活,可以变得这么美好。

此刻妈妈自言自语,也像是对小柔和奶奶说,时间紧,任务重,没工夫多啰唆,要向王坝氮同志学习,不然逃不出去喽。

小柔认识王坝氮,他本名叫王忻生,早前跟妈妈一样,都是语文老师,但此人普通话不敢恭维,上他的课,学生们总喜欢起哄——有次上公开课,王忻生一开口:"q——ue——巧,'麻巧儿'的'巧儿'"。忻州话把"麻雀"叫作"麻巧儿"。台下拍桌子吹口哨,老师学生通通忍不住大笑,教室里乱成一锅粥。后来,王忻生被调去教化学,把名字改成了"王坝氮"。他只要一上课,刚一扭头在黑板上写字,就有学生模仿:"麻巧儿,麻巧儿"。城墙倒拐加炮台,没想到他一点不生气,笑嘻嘻转过身来说,日你外亲爹,哪怪魂淡灰鬼(哪个混蛋小子)学俺咧,狗日的王八蛋。时间一长,大家都习惯背后叫他"王八蛋"。天无绝人之路,全省展开汾河水库修大坝竞赛活动,各学校派代表团参加,热情高涨,不甘示弱的王坝氮,因过于投入,一脚踏空,从十来米高的脚手架上直摔下来,把大家吓得够呛,幸好下面是刚挖出的虚土,只扭伤了腰。校长专门召开集体大会公开表彰。王坝氮戴着大红花站在主席台上,面泛红光,朝台下不断鞠躬。他如今早已不教化学,升职做了教导处主任。老师们背地里都骂他"落架的草鸡变凤凰,癞蛤蟆顶上插鸡毛,咋看也不是好鸟,狗日的王八蛋"。

　　妈妈就这样每天挖地道,一点都不觉得累,一挖就几个钟头。小柔有时躲在角落里,看她浑身大汗淋漓。心情好了,妈妈会唱:"汾河流水哗啦啦/阳春三月看杏花/待到五月杏儿熟/大麦小麦又扬花/九月那个重阳你再来/黄澄澄的谷穗好像狼尾巴"。小柔喜欢这时候的妈妈,觉得像回到从前。只有在唱歌时,妈妈的口音会带一丝扬州味道,小柔不懂啥南北之分,但喜欢这歌声,觉得比太原话轻、软,听着像要融化,眼前好多小鸟跳出来,翅膀扑棱扑棱,叽叽喳喳叫得欢。小柔渐渐入了迷,正等着仔细往下听呢,歌声戛然而止。小柔耷拉着头回里屋找奶奶,听见妈妈在背后小声地说,有文化?要夹紧尾巴呀!

地道现在越挖越深了,一米见方的洞口,圆不圆,方不方,已经挖了四五米。妈妈发现了小柔,朝她招招手。小柔站着没有动,身体往后缩了一缩。妈妈说,行进的方向,要不断调整,盘山公路十八弯,蜀道难于上青天,敌人不容易发现,审时度势最紧要,傻干、愣闹,不如巧夺,你总是左耳朵进,右耳朵出,现在明白了吗?

等到妈妈熟睡,小柔难耐好奇,又实在胆怯,缠着奶奶下地道去看。奶奶说,天爷活祖宗,俺娃耍皮影哩。小柔说,不要皮影,到地道里耍。奶奶说,一天到晚瞎裹乱,说完把矮脚板凳扔下地道。小柔说,奶奶,奶奶我先下,在地道边一坐,两条小腿晃晃,扭头看了一眼又说,我不敢……奶奶抬手在她脑瓜上拍了一巴掌,嗔道,螃蟹洞里打群架,就知道跟俺耍横。奶奶连扶带拽,小柔两个胳膊肘朝后面撑,脚尖试探了几次,踩到矮脚板凳。奶奶说,慢些,小柔已经往边上一蹦,跳了下去,仰起小脸,笑嘻嘻地说，该你啦。奶奶剜了一眼说，想要俺一条老命，对不对？小柔说，奶奶要是不下来，今晚就不跟你倒土。奶奶找了一块破塑料布，往后衣襟上一裹，绕到前面打个死结说，哎，天爷活祖宗噢。奶奶个子高，坐在洞口，一双小脚往下一探，踩在矮脚板凳上。小柔说，我扶你。地道比想象中宽敞，小柔猫着腰往前走，奶奶连跪带爬，发现地道向前三四米后，开始朝右拐。小柔问，挖出去是啥地方？奶奶说，看看就行了，咱欢欢儿上去。土腥气厚重濡闷，四处弥漫着菜窖里的潮湿味道，小柔说，不要上去呀，还想再要要。奶奶双手一摊，一屁股坐在土里说，黑咕隆咚，有个甚好要？要听话，上去奶奶给讲"小布头"。刚才咋就忘拿手电了呢。小柔说，明天给买西瓜糖球吃？奶奶托住小柔的小屁股，使劲往上举着说，用力往上努努呀，努努！小柔连蹬带爬，祖孙二人吭哧吭哧，总算上去了。奶奶站在地道边好一阵子喘，拿过扫帚，上上下下扫着身上的土说，瞎子种树，不管死活。小柔学奶奶，也胡乱拍打着说，拐出去是哪里？奶奶点根烟卷儿狠吸一口，说，西山挖煤，东山刨土，圪僚沟沟种大树。做黄小米炸糕，给俺娃解馋？小柔眼睛里闪出光，忙不迭道，好呀好呀，奶奶做米糕喽。

每趟进城，奶奶总要背一袋子黄米。妈妈喜欢磨成粉吃。新黄米有特殊的甜香，有时也给小柔做米糕，但没有奶奶细致，她嫌麻烦。黄米糕现做现吃,不裹任何东西,不下油锅炸,就那么铲一块来,蘸白糖、红糖,吃多了就腻了。小柔有次吃得肚皮滚圆,一拍嘭嘭响,几天都拉不出来,妈妈抱起她往校医务室跑。穿白大褂的老阿姨狠狠瞪了妈妈一眼,递过来几只开塞露说,糕面容易积食,这妈怎么当的,给孩子吃成这样?那以后,黄米一律都换成玉米面或高粱面了。跟白面调剂着吃。想到此处,小柔扯扯奶奶的衣角说,妈妈喜欢做黄米粽,加大枣,加几粒上海金丝小枣,奶奶啥时给我包?

就在这时,妈妈站在地道口喝水,唱起来:"一条扁担软溜溜,挑着黄米么下苏州,苏州爱我的好黄米,我爱苏州的大闺女,哎嘿呦呦大闺女。"小柔身体绷直,嘴巴微微张开,又看见那些小鸟,一只一只又一只,翅膀忽闪,可惜才扑腾没几下,一眨眼就不见了。小柔揉一揉眼睛,站在原地还在等,不死心。

奶奶扶着腰说,去,把俺的烟卷儿递过来。小柔说,小鸟呢?脚下没留神,给矮脚板凳一绊,摔了个大马趴,脑门磕在砖地上,眼前冒出五颜六色小星星。奶奶哎呀一声说,一口吞下个十市两,亲疙蛋发瘾症啦?小柔丢魂失魄,一扭头,地道口空的,妈妈不见了。她爬起来往里屋跑,返回时拿了二锅头瓶子。小柔说,奶奶喝一口,腰就不疼了。奶奶搂住小柔,在脑门上亲一下,叹道,这么些土,可往哪格拉(啥地方)倒呵……

妈妈挖了不多一会儿,浑身冒汗,把"棉猴"脱掉继续。这几天总下雨,下着下着就变成雪,不成形,扑簌簌的小清雪。已经很冷了。小柔不喜欢这种湿漉漉的阴冷,到处湿湿滑滑,稍不注意就崴脚,比数九隆冬更让人难熬。

那两只元宝鸡渐渐长大了,今天突然下了蛋。这可是它们到家后第一次产蛋,小柔十分开心,拿出来看了又看,手心里一点温热,又小心地放回去,等她叫来奶奶再看,前后最多几分钟,鸡蛋消失了。

小柔趴在地上,对着鸡窝左看右看:"我的鸡蛋……"哇哇大哭起来。

是被元宝鸡自己吃掉喽,奶奶把小柔搂在怀里,轻轻摩挲着说,不哭,咱们重垒个窝?小柔抽抽搭搭道,真的?奶奶走至老槐树跟前,抬手仰望。树叶早已掉光,徒留光秃秃的枝丫,像奶奶的手指,竭力指向天空。

奶奶说,你大大(爸爸)每年,都做些饲料送回老家,槐树叶子晒干揉碎,跟麦麸皮、谷糠和一起,喂鸡喂猪,好着哩。

小柔说,爸爸去哪了?知不知道我妈挖地道啊?

奶奶并不作答，喃喃自语道，鸡窝垒得宽宽大大，鸡就高兴，挖出来的土，也狗日的多铺几层。

小柔想，家变大了，元宝鸡就不吃鸡蛋了？

奶奶在院子里四处走动着说，院里也用土重新垫垫，垫高些，看不出啥。小柔说，那咱们不用半夜三更倒土了？话未落音，院门外像有人在说话，她趴在门缝往外探看，朝奶奶招手。奶奶说，夜里不出去可不行，白天不能倒，这么巴掌大块地方，能想啥办法。

小柔一脸愁苦道，天天晚上出去倒土，我瞌睡死了。

每天午夜十二点以后，确保四邻五舍都已熟睡，小柔就跟着奶奶，悄悄溜出院门，去找地方倒土。时间早，人多眼杂，目标明显，有一次十一点钟出去，迎面过来一个人，路口的街灯忽明忽暗，这人已经走过去了，忽然回转头来说，黑灯瞎火，一老一小，不嫌冻得慌？只好夜深再行动。近处能想到的地方，都已经倒遍了。学校后面一条干涸的臭水沟，倒了七八趟。奶奶说，不能连着倒了，再倒沟要填平了，缓几天再看看。沿街几排行道树，每个树坑里分别填过两趟土。奶奶说，不敢填太满，引人怀疑惹麻烦。隔一条街过去，有个小区垃圾站，倒了四五趟。奶奶说，不敢紧住一个地方倒，再这么下去可咋办，撑不上你妈挖掘的速度呀，昨儿个夜里那地方，今天指定不能去了。

学校大院斜对面，有个工地，好几年不变样。奶奶领小柔遛弯晒太阳时，曾去过几趟。奶奶说，是个废弃工地，应该没人管。不料才刚去倒了两趟土，一个老头不知从什么地方冒出来，远远扯着嗓子吼，谁？闹啥？奶奶拉起小柔转身就跑，筐子也顾不上了。奶奶脚小，跑起来速度可不慢，小柔差点被什么绊倒，老头在身后大骂，耐球格懒，再来小心逼豆板子。祖孙二人跌跌撞撞跑回家，奶奶捶着胸口说，乖，快给奶奶点根烟。小柔好半天还心惊肉跳呢。奶奶抽口烟缓过来一点，看地道口，说，你妈可倒好，管她自己闹，她倒是高兴，老黄狗当大马，瞎高兴，把俺们害得够呛。

小柔站在地道口，小心往里探看着说，我实在累死了，这么多土，啥时候才能倒完啊？

奶奶默默吸烟。白雾四散，月光薄薄洒了一地，墙上的挂钟嘀嗒嘀嗒，耳边传来叮叮当当的声响。奶奶拍拍裤腿上的土，说，能咋办，不让她闹，还不定裹出甚乱，肩头上放花炮，祸摆在眼跟前，躲是躲不过喽，你大大呵。

小柔此刻抬眼看了看奶奶，说，老头那么晚还不睡，我们才倒了没几筐啊。奶奶盯着地道发呆。妈妈挖出的土如今越积越多,几乎要堆满外屋三分之一,简直无从下脚了。刚开始那会儿,挖得还不熟练,妈妈制定任务量,是每晚不得少于六筐——是奶奶自己用竹藤编制的那种大筐。小柔把筐子放倒,爬进去说,外头太冷,我不去了。奶奶说,西瓜糖球还要不要?还听不听小布头?小柔嘟着嘴不吭声。奶奶想了想说,今儿个夜里,倒够十趟,给买一种糖,个呀不(去不去)?小柔来了兴致,给买巧克力吗?奶奶说,啥?啥坷垃?小柔嘴巴一撇说,反正你没吃过。奶奶笑着说,好好好,俺娃听话,说买甚就买甚。

食品店里那种半圆形巧克力,小柔垂涎已久,有个老师曾塞给她一块,小柔第一次看见糖果长这样,不知如何下口,伸出舌头舔一下,没啥味道。老师笑说,咬呀,咬着吃。小柔小心咬一小口,腻滑感自舌尖流至舌根,把大半块都塞进嘴里,一不小心咽下去,嗓子眼一股甜香,腻滑中又带点苦,一吃再难忘。

这时妈妈站在地道口探出头说,你们磨叽啥?还想不想逃出去?

小柔不吭声。奶奶回头看了妈妈一眼说,俺刚才眊了眊(看了看),隔壁家电灯还忽忽闪闪,再稍歇歇,只管闹你的。妈妈于是又钻进去了。

朔风刮了一整天,此刻能看见窗外半空的星星,寒光闪闪,小柔偎在奶奶怀里不说话。奶奶关了灯。装土倒土,靠手电筒借光。黑暗中,奶奶幽幽地说,你大大是腊月生人,耐得住冻,去年给他做条棉裤,新絮的棉花,也不知道你妈记不记得?棉裤捎去没?小柔说,爸爸为啥不回家?奶奶没吭声。小柔说,去什么地方倒土?奶奶说,狡兔三窟,换一处地方。小柔说,我要小兔子。奶奶在腿上拍了一巴掌说,对呀,你妈办公室背后的那块树林,是现成的好地方嘛。小柔一脸迷惑。奶奶说,有人吊死在树上,后窗户早就拿木板子钉死了,人拉鬼撑,哪个不怕死的敢去?俺咋早没想到呢。小柔的身体一抖说,会不会撞见鬼?它吃不吃小孩?奶奶拉过小柔说,听话就不抓。小柔说,我听话。奶奶说,坟地里赶集,鬼圈里拉弓,阎罗王也闹不过小鬼子。小柔啊叫了一声。奶奶说,活骷髅比鬼吓人。小柔走到对面,在墙上提前画了一个圆圈说,一次。奶奶笑着说,丫头片子,倒是不做赔钱买卖。

正聊着,墙上的挂钟当当当响了几下。奶奶走到门外左右看看,嗯了一声说,咱们欢欢儿闹,说罢拿过铁锹,没几下就装了大半桶。小柔把玩具小桶里的土拍瓷实说,干吗只装一半?奶奶把铁锹往土堆上一插,手扶后腰,慢慢直起身来说,太满闹不动嘛。手电筒打开,朝地上照照,灯光有些弱,在手心里磕了几下。奶奶说,明天记得买新电池啊。小柔说,买巧克力糖。她们深一脚浅一脚,摸索着朝小树林的方向走。昨天大风过后,紧接一场雨,土路泥泞不堪,奶奶脚下一个踉跄,铁皮桶几乎扔出去,她低声地咒骂,日你外先人,横垄地里撵瘸子。小柔脚下打滑,玩具小桶差点甩出去。奶奶连拉带扯道,靠屁吹火哟。小柔爬起来,裤子上都是泥。小树林越走越近,北风一吹,耳边飒飒有声,仿佛有人在哭。小柔的声音发颤,真有吊死鬼吗?奶奶就近找了棵树,把土倒出来,小脚踩了几圈说,这地方好,抓紧时间能多跑几趟,树多,地方也大,说完拉起小柔,头也不回转身疾走。唱个歌好呀不,有俺在,你怕个啥呢,奶奶说。小柔低着头嘟囔,还唱还唱,等下又有老头跳出来骂了。但奶奶已经小声唱起来:"家住直隶保定府,俺的名字马二虎,俺爹带俺到太原,日日推车卖烧土,烧——土喔。"

阴雨天不能出门,奶奶无事可做,坐床头腿一盘,开始卷烟。她烟瘾大,得空就来一根,用报纸卷一种晋北乡下特有的土烟,烟叶就是自己种的。奶奶把烟叶叫"烟丝",一种旱地里见缝插针种的烟草,成熟后摊在自家房前屋后阴干,一片片干烟叶细细地揉碎。小柔爬上床就犯困,永远觉得睡不醒,睡了一会儿,睁开眼睛瞅瞅，说，就是碎烟沫子？迷迷糊糊听见奶奶念叨，你大大以前，一有空就给俺揉烟叶，加几滴香油，就不会发霉。

奶奶卷烟用的废报纸，是早前从学校带回家的。那时妈妈已被停课，每天往办公桌前一坐，王坝氮紧跟过来，指着一沓稿纸说，今天交代啥，仔细想清楚。一位与妈妈甚好的老师，趁人不备悄悄透露，写检举揭发爸爸黑材料的人，正是王坝氮。妈妈写交代材料，小柔找一处犄角旮旯，不吵不闹，捏着一截粉笔头，认真写下还不太熟练的三个字——王八旦。

此时奶奶凑近小柔说，亲疙蛋，欢欢儿起来。小柔睡得迷瞪，答应着，不情愿地爬起来。奶奶说，每一张报纸，你妈都要查，有没有最高指示，让她查。小柔下床去，晃悠着走到外屋。地道比昨天又挖深了一点，妈妈站在过腰的地道口，呼哧呼哧直喘气，接过报纸，哗啦哗啦翻，上下左右仔细看，额头都是汗。

真是热死人，妈妈抬起胳膊，抹了一把脸，把报纸搁边上，开始脱毛衣毛裤。妈妈说，从小培养方向，革命才有出路，向王坝氮同志靠拢，出大力流大汗，建设社会主义新中国，不是动动嘴皮子那么简单。小柔一脸茫然，站在地道边，耳边噼噼啪啪响，盯着妈妈胸前若隐若现的两座小山，往事熟悉而又遥远。妈妈聚精会神翻报纸，喃喃自语道，有没有"最高指示"？小柔接了报纸掉转身往里屋走，妈妈在身后幽幽地说，朝阳初上，东方欲晓,天边泛出鱼肚白……

小柔回里屋趴在奶奶耳边小声说,我妈要睡觉了。接着就看见妈妈把靠墙立着的大木盆放倒,打半盆水,哗啦哗啦,洗脸、洗头,快速擦抹身体,换下脏衣脏裤。晨光熹微中小柔知道,妈妈准备上床了。而她这一觉,要睡到上午十点钟以后。奶奶管这段时间叫"放风"。三个人都能轻松一阵。

小柔翻来覆去睡不着,干脆起来。她自言自语,外边什么鸟咕咕咕咕一直叫?小鸟知不知道,我每天晚上很晚才睡?

奶奶说,是郭公,你大大叫它斑鸠。

小柔踩着矮脚板凳,朝外张望着说,它在叫什么呀?雨停了,会天晴吗?去啥地方玩?

奶奶说,闹腾,一公一母远远地叫,你大大有文化,说是婆姨汉子在对唱。

小柔没转身,盯着窗外怔怔呆看,心里发愁。每天半夜找地方倒土的日子,究竟还要多久?听奶奶说,早前汾水出太原城,往西南,第一道关口,就咱阳曲县,东面杨兴乡,汾水穿过整个村,你大大当年读书,每天天不亮便出门,爬过几道山,东北头到西南端,走到腿断,山上郭公多着哩。

小柔说，要是上学了，每天晚上不睡，白天怎么上课……

窗外鹁鸪布谷布谷叫不停，小柔耳边传来的是"倒土倒土倒土"。妈妈睡得熟，呼噜呼噜。小柔从矮脚板凳上跳下来，耷拉着脑袋走到饭桌前，拿起一个二面（玉米面外薄薄裹一层白面）馒头，咬了一口，没精打采地嚼着。奶奶说，欢欢儿吃，咱们要出去再找找，今儿个夜里，往哪里倒土。奶奶不吃馒头，吃"榆皮棒子面"。乡下有专门砍榆树的，一卡车一卡车，拉到镇上再加工处理。榆树皮剥好，晒干，上磨磨成粉，一趟一趟，细细簸筛，乡里人管它叫"榆皮面"。

奶奶挑起两根面条问，俺娃尝一口？小柔嘴巴没来得及张开，酱油醋卤汁溅她一脸。奶奶笑着说，掺棒子面、红面，马上就有了嚼劲儿，看筋不筋道？

小柔趴在桌上愁眉苦脸地咕哝一声，妈妈到底要挖到啥时候？我马上六周岁了，快上学了她知不知道？

奶奶的一口牙齿早已掉光，满满一筷子面条吃进嘴里，上下牙床稍微磨磨，囫囵吞下去。吃一口面条，就拿过二锅头瓶子嘴巴对瓶口，咕咚一口。小柔小声说，真那么好喝？

奶奶好酒，喝一种麦秸秆自酿的土酒。入口烧烈，呛嗓子眼。小柔拿过瓶子凑近鼻子闻闻，立马反胃地吐舌头，她说，这比卫生所里的酒精还难闻，有股毒耗子用的六六粉味道。奶奶抿着嘴巴笑笑，眼神闪烁着跳开，没有吭声。

小柔想起老宅前院枣树下，拴着的那头老毛驴，她抬起头望着奶奶，心往下沉，毛驴老了没有？奶奶说，你大大啊，是小和尚念经，有口无心，天王老子该知道，他冤枉。小柔说，奶奶你醉了。奶奶紧抓酒瓶沉默着，手背上血管纵横交错，如同枯藤，抬头看看小柔说，紫藤眼瞅要开花，你大大每年，少不了画几回，老宅子墙上、门窗上，有不少花鸟，有枝有叶，有花没花，你大大都喜欢，给四邻五舍画呀，一个人瞎忙活嘛。小柔转过身怯怯地问，爸爸究竟去了哪？他知道我们在干啥？奶奶夹过几根绿叶菜放在小碗里说，俺娃多吃菜，长得快，长得好看。小柔把菜叶子往边上一扒拉，屁股扭扭，哼哼唧唧地说，我不要吃菜叶子，长大要上学，晚上要早睡。奶奶自言自语，你大大是一天夜里，从家里被直接带走了的，那个时候，你还只有一扎扎来长……

"一扎长"意思就是一巴掌左右。奶奶伸出一只手，大拇指到中指之间的长度，比画了一下说，你大大画墙、画围子、画灶台，上头一对黑蝙蝠，下旮旯一头梅花鹿，中间蹲只水蜜桃，洗脸盆这么大，上头坐一个胖小子。小柔没有吭声。听奶奶继续说，牡丹花大朵大朵，菊花荷花西番莲，画满整张油布。沟沟缝缝不能落，花生大枣、柿饼核桃，填满它。哎呀，颜色看得眼花，一屁股坐下去，浑身上下都暖腾腾的。

所有关于爸爸的有趣的往事，让他的形象变得更加摇曳而复杂。飘忽难定，忽远忽近，亮起来，暗下去，在小柔的眼前堆叠晃动，好像秋日暖阳里的花朵，一朵一朵缓缓地开了。空气中弥漫着一股呛人的味道，小柔忍不住咳嗽起来，从胡思乱想中渐渐回过神，眼睛一眨不眨，仍然紧盯着，静等。奶奶说，你大大是咱村第一个大学生，可不想到头来，东洋狼遇上了土豹子，发高烧不出汗，平时张嘴就来，嘴上没个把门的，惹出拐来（出事）啦，你大大，唉。小柔一句没听懂。天安门城里有一种小吃，叫啥啥饼，奶奶说，是紫藤开花时才有的小零嘴，你大大有次上京城出差，给俺带回来一包。小柔咽着口水说，肯定很好吃。奶奶摸摸小柔的脑袋说，味道和槐花差不多，更香些，等开春槐花大开，奶奶给你做辣油泼拨烂子。

　　如果天气好，等妈妈睡着了，奶奶会带着小柔四处兜兜转转。学校大院附近，有一家国营食品店，营业时间一到，店门大敞，柜台上一溜一溜摆满玻璃罐子，里面放满了五颜六色的糖果。小柔抬头看看奶奶，马上又低下，嘴唇咬紧，心有不甘地磨蹭，她不愿意走。奶奶花五分钱买几粒西瓜球糖说，来，给俺娃解解馋，别的咱们也买不起啊。小柔心满意足地笑了。

　　妈妈开始挖地道以后，彻底不去学校了，工资减少近半。王坝氮有一次代表校领导来家里表示慰问，他皱眉掩鼻，站在外屋门口招呼奶奶过去,一脸严肃地说,不是东风压倒西风,就是西风压倒东风,就让她好好在家待着吧,跑出去也是麻烦。奶奶默然无语,只能跟着点头。王坝氮又说,洗心革面要触及灵魂,重新做人怎么做,首先要触及皮肉啊,说着指一指满屋子的土,这些东西,绝不允许随便乱倒啊,不能影响别人。奶奶站在边上不住地嗯嗯保证。王坝氮临走时摸摸小柔的脑袋,又跟奶奶强调一句,千金难逃丫鬟命,咱甚是甚啊(一码归一码),她该交代的问题,还是要交代清楚,心存侥幸过不了关。小柔一紧张,扯住奶奶的衣角说,我想尿尿。妈妈挖地道已经挖了四五个月,此时正钻在已经没过头顶的地道深处,挖得热火朝天。小柔躲到奶奶身后,恨恨地盯着王坝氮,心里小声地骂,王八蛋,王八蛋。

窗外寒风凛凛,太原已经步入滴水成冰的隆冬时节。有天早上,奶奶带着小柔外出上厕所,回来后发现,妈妈不见了。刚才明明已经躺床上睡着了呀?

鸡鸣破晓时分,有人在迎泽公园发现一个女人。情绪饱满,摇曳生姿,站在湖畔跳《红色娘子军》里吴琼花遇见洪常青那一段舞。女人浑身一丝不挂,迎着朝霞,身后杨柳轻摇,挂满霜花,风一吹,繁密的枝条像孔雀的尾巴。公园清洁工是个六七十岁的老头,据说以前是某高等院校的英文教授,第一时间发现了赤裸狂舞中的小柔妈妈。他远远看见她时并不确定,以为自己昨晚看书太久,老眼昏花,还一度以为是嫦娥天宫下凡了,老头本打算上前细看,想到自己的身份,作罢。等他跑了几条大街,找公用电话报警后再返回时,已经有晨练的人三三两两出来了。众人围聚指点,渐聚渐多,小声嘀咕,面部表情复杂。有人试图用棉大衣围裹那女人。女人手舞足蹈,仰面大笑着跑开,继续跳,展翅高飞,大声地喊:"时间不多了,时间不多了,再晚就逃不出去了呀……"

小柔跟奶奶是在派出所见到的妈妈。她身上裹着一件男式警用军大衣,蜷缩在角落,仰脸望着天花板,看一会儿,嗤嗤笑着。小柔瞪大眼睛躲在奶奶身后,默然盯看。妈妈的面孔很白,嘴唇发紫,她蜷起小腿,抱紧膝盖,身体还在微微发颤。小柔心里叫了一声妈妈,想说,你冷不冷啊?小柔忽然觉得有点难过。她第一次发现,妈妈的脚腕那么纤细,大衣下面露出一小截,秀气的脚趾头朝上微微勾起,脚底板乌黑,越发显得脚面白亮剔透。

警察让奶奶签字领人。自打进来,妈妈口里一直断断续续说着同一句话,她说:"快上车,逃不出去啦,逃不出去啦。"

奶奶踌躇再三,不好意思地说,俺不识字。警察于是代为签名,奶奶伸出右手食指,在规定位置按了红指印。临走时警察再三叮嘱,以后她的身边可不能再离开人了,否则后果自负。

派出所距离学校大院大约一站路。小柔跟奶奶领着妈妈步行回家。三个人默默走了一路。回到家,奶奶小心抻着推开门,面前出现一座山。浓浓的土腥味,弥漫整间屋子,阴森森的恐怖。看着面前堆山积海的黄土黑砖破瓦,奶奶面无表情,一语不发。妈妈则立刻被眼前景致吸引,嗖地蹿进去,没等小柔反应过来,她已经跳下地道,拿起铁锹,热火朝天地挖上了。

小柔听见地道里传来笑声,与天斗其乐无穷,与地斗其乐无穷,赶紧闹!

接下去的几天,风和日暖,无风无雨。生活重新恢复往日的寂然。妈妈照旧天一擦黑就开挖,一直挖到破晓。有一天,趁妈妈熟睡,奶奶把她留了多年的辫子剪了。咔嚓咔嚓,眨眼变成两根短把子锅刷。麻花辫乌黑发亮,粗可一握,它们静静地躺在地板上。小柔觉得心给什么东西揪了一下。奶奶轻声说,你小时吃奶,一定要摸着这辫子,没有就哭,咋哄也没用。小柔觉得有点胸闷,喘不过气来。妈妈并没觉察出自己身上有了异常变化,倒像是很喜欢那两把锅刷。奶奶于是彻底放下心来。但让小柔觉得奇怪的是,妈妈现在每天梳头,要从左边或右边开始,非要在溜光水滑的头发中硬生生拽出一撮,像黑芦花的鸡冠,显得很秃兀。每当此时,妈妈扭过头来问小柔,好看吧?好不好看?小柔立刻躲到门背后,听见妈妈对着镜子笑嘻嘻地说,时间紧迫,赶紧后撤。

妈妈现在每天睡醒,只做一件事。天黑前,她抱着芦花公鸡,走哪儿抱哪儿,看见人就嘻嘻笑,见谁都重复同样的话:"再不抓紧时间,我们就逃不出去了。你先撤,我掩护。"

芦花公鸡一身黑衣,油亮水滑,腿上绑着粉色蝴蝶结,那原本是奶奶买给小柔,打算过年时扎小辫儿的。妈妈抱着大公鸡,绕学校操场快步走。一圈一圈又一圈,走走停停,跟黑芦花说话。有个学生胆子大,跟在妈妈身后亦步亦趋,听来听去,听不清楚,不甚明白,他回来后拾人牙慧:"王坝氪那地方,火气可真他妈大,需要赶紧找个人来拔上一拔……"众人哈哈大笑。

小柔回到家,把听来的传闻,有样学样,一字不落学说一遍。奶奶始终沉默,烟卷儿一根接一根,屋子里雾气腾腾,呛得睁不开眼睛。小柔想爬床上玩,她才刚踮起脚尖,忽然觉身体轻飘飘的,腾地一下飞向空中,接着就看见坐在下面的那个小柔,头顶上缓缓升起一股白烟,很快又化作天边的一朵灰云。

小柔大声地说,奶奶奶奶,明天又要下雨啦!一语未毕,她朝着光芒万丈最深处,忽忽悠悠飞去……

乌金墨玉

　　刺啦刺啦刺啦,洞口露出一只筐。煤块、炭块堆积如山,油亮亮泛出好看的光。二憨赤裸上身,艰难地爬出洞口,将筐抵在洞沿边,撑起一只手,呼哧呼哧猛喘一阵,缓缓直起腰来扭头往远处使劲儿地呸了一口,斥道:"狗日的天气!"扯下脖子里的毛巾胡乱抹一把,脸上黑一道白一道,歇了歇再猛一用力:"嗨!"那筐便上了肩。一鼓作气地把煤块从两米多高的坎上倒进边上的小驴车槽里。二憨深呼吸,一巴掌拍在毛驴屁股上:"冻死个人哩!"小毛驴浑身一哆嗦,掉转头看看,呲嘴龇牙,鼻子里哧哧哧喷出白气。

　　二憨卸完筐里的东西调头急奔,跑到煤窑后面,伸手从小窗里领了一枚竹签,攥在手心方才长长松了口气。村支书在里面喊了一声"憨娃",笑道:"要钱不要命,悠着点干吗,不然夜里做事情没力气喽!"

二憨转身就走，走几步回头看看，笑嘻嘻自言自语："一天挖够六车煤，家里老窑换新椽。俺有的是力气！"

这个私人小煤窑，开在古老溶洞附近。晋北地区特有的碳酸盐岩系裸露岩石，经红土化作用，白天呈鲜焕的棕红或深褐色，不同于南方的湿热环境，这种红土压实后水稳性极好，打出的煤球、煤糕十分耐烧，常见砖厂的大卡车上山来拉土，昼夜不歇。

山石层峦叠嶂，此刻隐匿于黑暗中，巨大而突兀，有些面目狰狞。这一地区盛产优质无烟煤，特供出口。小煤窑直上直下，完全靠一架辘轳提升，无法通电，牲口在洞中根本转不开身，没有任何机械工具，完全人工化作业。采煤靠原始"炮采"，产量极低。村人把这种小煤窑称作"独眼龙"。几个月前，村支书跑到镇上通过"硬关系"，花钱请回一个手提瓦斯检测器的中年人，贷款两百多万，小煤窑很快开张大吉。而像村支书这样的个体老板，在山西地区数不胜数，大家形象地称其为"煤耗子"。

此刻已近傍晚。晚霞散尽，山路崎岖，狭窄而漫长，除了高悬天空的一弯月牙冷冷洒下模糊的光，不见星星，灯火稀稀落落。一年三百六十五天，带拖挂的大卡车通宵达旦，仅凭借车灯微弱的光线，于滚滚飞扬的尘土中，蜗行牛步，艰难前行。车队中夹杂不少农用车,一车能装一吨左右。无论大块煤炭,小块煤矸石,混杂泥浆、废砖瓦,不挑不拣,一车六十块钱优惠价,供不应求。

此刻满载而归的大货车,不断从二憨面前经过,肆无忌惮地超载,几乎要将车筐挤裂的煤块炭块,不时纷纷洒落。立刻有人背着筐或拎着麻袋,从角落里窜出,飞快地俯身弯腰捡拾。这些多是住在山脚下的乡人,整个冬天都靠这些煤块烧炕、烧饭,根本不用再上山砍柴。

二憨听见身后不远处,有人闲聊。

"在此地每吨不到两百块钱买进,拉到全国各地一转手,发大了!"

边上人嗯了一声:"最近几天,少说卖到三四百?搞一搞,要个五百块估计不成问题。"

"除了'煤检'和一路上的'狗咬',我粗粗算了一把,两三天跑一趟来回,时间若抓紧点,挣个千把块,根本不是个甚事!"

"狗咬?"

"高速公路上警察罚款,太他妈厉害!"

"动不动就站在前头跟你敬礼,以前主要罚开快车,现在开得慢,照样罚!高速公路规章,成天变来换去,老司机都伏球不住噢(受不了)……"

二憨不由得笑了。一辆辆装满煤炭的拖挂大卡车,从荒沟深处,摇摇晃晃,南来北去,油速一会儿加一会儿减,沉闷地哼哼不停。半山腰处永远扬起的烟尘与煤粉,白天看去,宛若一条黄龙,循着山沟宛转逶迤,遮天蔽日。

山西晋南两市,属于秦语区。河东人一直觉得,运城与临汾就是山西,厚重沧桑、断壁残垣。雁北两市往远古追溯,属于塞外,受游牧文化影响较深,但在雁北人眼中,大同就代表山西,雄伟的风沙大漠。晋中人则对此不屑一顾,认为只有太原市方可代表山西,晋商高宅大院,秀丽蓝天白云。

晋南以及晋东南地区,比较富裕,只要从地底下挖出来的黑东西,一律可以卖钱。晋北一带则境况稍差。此地的山比较陡峭,发现煤层,大多无路可走,如何开采就成了难题。于是晋北人紧挨山坡边沿挖坑,坑越深越好。顺坑口往下,直达下面山沟的路边,挖一个面积更大更阔的深坑,接着开凿小渠,只需浅浅窄窄的一条,便可以将两个坑顺利贯通连接。

挖出的煤,先集中堆进上面的大坑,从山间引来泉水,慢慢往坑里倒灌。等达到一定水量,再把小沟口拦煤的木板一抽。可千万别小看那么一点水,一次可以把好几吨煤由坡上冲下。再从下面路边的坑里,直接将煤装车,现场过磅,运走。尽管沟渠很小很浅，但用这种原始方法冲水引煤，对于倾角六七十度的山坡而言，程度不亚于泥石流。二憨初次见到这种采煤方式，耳畔轰隆隆阵阵闷响，山谷间激昂回荡，脚下土地微微震颤，场面甚为壮观。

如果地势若不具备一次性将煤炭冲放到路边的条件，则需要在挖煤的地方，就近引来一股水。刚挖出的黑东西叫"统煤"，含很多杂质，铲到临时用木板搭建而成的巨大水槽里冲洗。纯煤炭块比重较轻，被冲到水槽下面的大池子里，余下的煤矸石与石块，当地人叫"荒"的，要用宽齿荒耙挑除干净。池子里最后积下的便是"精煤"。精煤的价格比统煤高出很多，仍供不应求。

"梳荒"工作相对比较轻松，只需安排一人，通常是村支书自家的亲戚，把混进煤炭块里较大的荒块清理出来，余下的泥块、小石子、小荒块通通被运走，照样能卖不少钱。大荒块通常有砖厂提前订购，按一车十五块钱的价格，一次性拉走。这东西粉碎之后加在黏土里制砖，可增加硬度，能节约不少燃料成本。

二憨常常看见有女人来煤窑背煤。满满一筐精煤，背到山脚下的煤场，过磅后记账。背一趟，能挣两块钱。当晚结算，把把清。

二憨看见女人们由蜿蜒而陡峭的小径爬上爬下，步伐飞快,很多人光着脚。夜里下过一场雨,土路泥泞而湿滑。"她们怎么不摔跤?一次最多能背多少?"恍惚的瞬间抬头远眺,女人们身手矫捷,瞬间便没了影踪。

也有邻村村民赶着自家的骡车或毛驴车前来驮煤。运一趟,挣三块钱。拉完最后一趟,空车往回赶,那骡子的铁掌原地踏步,任凭主人的鞭子甩得啪啪作响,它死活就是不肯走。主人飞快地从地上抓起一把泥沙,塞进骡子嘴巴里呵斥:"操不死的杂种!让你倔,让你倔!"骡子摇头甩尾,开始呕吐,等满嘴的泥沙吐得一干二净,骡脾气也烟消云散。主人此刻已经往两边的空筐里放了几块大石头,再狠抽一鞭,那骡子于是昂起脑袋,浑身抖动,迈步前行。边上的几只毛驴因为受到惊吓,"啊——呃——啊——呃"大叫,屁股上挨了鞭子,于是埋下头老老实实跟着走了。二憨看得不禁笑出声:"驮重不驮轻,贱不贱哪。"

从外面往山里挖掘的坑道,叫"槽子"。到小煤窑挖煤叫"下槽"。二憨一直很羡慕在国营大煤矿上班的人,他们管挖煤叫"下井",听着就颇具气势。

槽下的布置混乱不堪,且通风极差。矿工们哪里有煤挖哪里,东刨西撅,根本没有人考虑安全隐患。深入槽下,眼睛需经过一段时间适应,方才慢慢看清洞里情景。除了挖煤、运煤的工具,四周空无一物。阴森森的黑洞深处,二憨趴地上不住地大喘气,忍不住扭头往后看。看见那倾斜成四十度的洞口,如同巨兽张开的喉咙,他想到地牢里的窗户。

地底下的空气十分潮闷,到处弥漫着浓浓的土腥气、霉腐味。头顶上的泥块土坷垃,不断簌簌落下。二憨每一次下槽,都胆战心惊,埋头接连爬了一百米左右,拐进一个更小更窄的巷道。

此时下槽仍靠"亮油壶"照明。它是一种当地用土陶自制的小茶壶,有盖,前伸小嘴,从壶里穿过小壶嘴,引出一根粗棉线灯芯,灌满清油,点亮借光。挖煤时,先找个稍微平稳处把油壶放好,但一不留神,壶倒油洒,也只好在黑暗中摸索着干活。

"下槽禁止烟火,不怕瓦斯爆炸?"

"咋不怕?穷人'磨骨头养肠子'哩。有啥办法?进来容易,出不出得去,得看自家造化喽。"

有经验的矿工,负责打眼放炮。钻机足足三十斤重。放完炮,立刻用树桩和木板支架护顶,空棚子架好,安全才有一丝保障。接着用镐刨,让煤泄下。二憨今天运气不好,下槽时抓签,恰好赶上个"新开掘"。新窑缺氧严重,热浪滚滚来袭,他觉得胸口憋闷得厉害,没开始挖已然浑身大汗。

四周的湿气越来越重,尿臊气与不明来源的恶臭味相互纠缠,汩汩而来。二憨的五脏六腑倒海翻江,眼前忽然闪过一道白光,他立刻闭眼。待习惯性的晕眩持续十几秒钟,深呼吸几次,略定一定神,这才抡起工具开始刨。那壁上的煤看起来疏松,刨起来却十分坚硬,镐尖刨在上面,震得手腕跟膀子一阵阵发麻,刨了没一会儿,汗如雨注,流进眼睛里又辣又扎,然而没法擦,只能狠狠地甩脑袋,汗流进嘴里是咸的。二憨操起铁锹,加快速度一味挖、挖、挖。

当小煤窑出煤出到一定量,再往深处开挖,则多了两样东西,似乎与近代文明社会,稍微沾了一点边——其一是一条单轨,其实就是安在柳条筐下的钢片;另一个便是二憨心心念念的矿灯,比油壶采光亮许多,但绝不允许戴出槽去。

前几天,村支书不知怎么心情大好,给煤窑工人每人发了一身迷彩服,说是听到风声,最近上头查得紧,以防万一市里来人。于是等大家再进槽之前,将电瓶装在腰间,每上来一次都需要重新充电。安全帽戴好,一个个威风不少。此刻矿灯射出的光柱,强烈而深聚,似一把利剑,直刺前方。如果遇到大晴天出工,人还未及爬出洞口,耀目阳光迎面劈来,二憨就想起自己有次在密林深处迷了路,先是瓢泼大雨,忽然又晴空万里,冥冥之中像上帝抛下了一条生路。他想也不想直迎上去,憋足劲儿努力朝前爬。

矿灯所照之处,越来越低、越来越窄,逼仄得令人窒息,脚下坑洼不平。巷道支护异常简陋,稍不注意,脑袋就被磕了一下。各种树桩和木板,横七竖八、胡乱交叉,支撑着摇摇欲坠的煤壁顶。不时有岩土煤渣,从头顶沙沙沙漏下,二憨的身体不能自已地跟着晃,头晕目眩再次袭来,胸闷得出不上气,他只能不住地张大嘴巴呼吸,昏暗中看见师傅头顶的矿灯,在煤壁前左移右荡,倏地陷入漆黑。槽下除了煤就是石头,连石头也是黑的。二憨心想:"这里距离上面有多高?前面还有多远,多深?万一塌方,我能不能逃得出去?"

小煤窑的洞口,由地面往下,有七八级台阶,再往深处,则只能弯腰跪地,摸索着前行。煤洞里的路完全靠矿工自己踩出来,脚下都是被水泡着的烂泥,有的地方深过脚背。二憨终于明白师傅的话:"下槽一定要穿长筒胶皮靴。"每隔一米多,垫一截圆木,轨道则架在烂泥上面。此刻寂静黑暗,伴随沙沙声响,二憨觉得,自己已经远离了人间。矿洞每隔二十米左右,悬挂有一盏马灯,二憨想起那种老式亮油壶:"几十盏马灯加起来,也不及脑袋上一盏矿灯的光。"他不禁笑了,身体顿觉一轻,加快速度跟上前面的人。二憨只想快一点把筐子里的煤块装满,赶在吃午饭前好多跑几趟。今天才上身的迷彩服,已经满是汗液、滚煤灰、烂泥巴,二憨有点心疼这身新衣服,觉得自己已然化身为兵马俑,铁甲裹身,重了许多,很硬,硌得肉疼。

下井的男人,大多正值壮年,挖一次爬上来给电瓶充电的功夫,抓紧时间抽烟喝水,稍歇缓歇缓。大家就地躺倒,变着花样胡侃。今天有人提议,比一比谁家的毛驴力气最大——找一根细铁丝绑在毛驴的生殖器上,铁丝另一头,则绑一块大炭块。鞭子朝天一甩,那头毛驴浑身战栗,埋头梗脖走起来——看谁的毛驴拖得最远。

二憨看得直乐,脑袋上挨了师傅一巴掌:"自己还没长毛哩,男笑邪,女笑黏,傻笑啥?"毛驴的那玩意儿很快给勒出一道血口子,很深,刺进皮肉,肿了好几天。

二十世纪八十年代,山西大多数地区的煤价,平均三百多块钱一吨。无烟煤因为货少而需求量大,十分紧俏。最高时能卖到六七百块。只要不出事故,小煤窑老板坐屋里吸烟喝茶,钞票便滚滚自来。

村支书开的这家小煤窑,每天差不多能出三十吨煤。挖煤的报酬分几种。用辘轳摇一车煤,挣六块;人力从槽下拉一车煤,挣八块;驴车或骡车运一车煤,下山转给二道贩子,起码能挣十块;稍好的人家有拖拉机,四轮手扶拖拉机往山外送一趟煤,少说能净赚三十块。

二憨来当矿工之前,干过不少营生。工地上做小工,粪店里打短工,还做过棉花匠、泥瓦匠,也曾跟着大人们去省城太原晃荡过一阵。可人家都嫌他年纪太小,吃得多、干得少,干不了几天就被辞退。比来比去,思前想后,觉得干什么都不如下槽挣钱快,挣钱多,关键没人在乎你今年几岁。即使是村支书这样的私人小煤窑,下去挖一天,只要肯出力,少说能挣上百块,一个月下来就是三千多,刨去吃喝拉撒,几乎顶得上一个庄户人家干一年的收入了。也许还不止这点钱。三餐都在矿上解决,通常早上二米捞饭就腌萝卜,午饭晚饭都是二皮面馒头,大铁锅山药蛋炖白菜豆腐,偶尔能见荤腥。村支书的口头禅:"吃阳间饭,干阴间活,管够造。"放开肚皮使劲儿吃,一个月下来,能省不少。

此刻二憨站在小煤窑洞口前,摸着自家的小毛驴喃喃念道:"就你是个累赘。矿上有免费的菜叶子、剩饭,你吃一顿,拉稀拉一整天。"转念又一想,娘说过:"毛驴食草料,有草无料命难保。"夏季秋季,青草满山遍地,根本不必管,可这天寒地冻,该如何是好?二憨问毛驴:"隔两天就得用棒子面,加麸皮,或是用高粱面,做成杂粮豆饼饲料喂你,干草还必须挑拣得干干净净,你烦不烦?啊?你说你烦不烦?"小毛驴仰起头来空嚼,呲开牙,愉快地打了个响鼻。"听懂啦?"二憨不禁笑起来,退后一步,拍拍胸脯上的泥巴,"看呀看呀!今儿刚发的衣服,这叫迷——彩——服!神气不神气?可惜已经脏了……你再看看这矿灯,亮不亮?"

二憨想戴属于自己的矿灯,已经有好一阵子了。村支书知道以后来一句:"屁大个娃娃,过两年等鸡巴毛长全了再说!"引得一群人哄堂大笑。

二憨娘如今已经瘫在床上一年多,大夫说,若再不抓紧时间治疗,可能下半辈子就再也下不了炕了。二憨思前想后,琢磨了很久,终于决定到山脚下这座小煤窑下井。他临走时骗娘说,是去镇上的豆腐坊拜师学手艺去了。

二憨三四岁那年,爹跟村人上山修路,一颗哑炮突然炸响,找到时尸首残缺不全,脑袋落入远处的大豆地里,给炸掉半拉,眼珠子瞪得很大,罩了一层灰,雾蒙蒙的。二憨娘当场昏死过去,醒来后精神就出了问题,一阵糊涂,一阵明白,说话颠三倒四。近两年连床都下不了。二憨爹尚且在世时,娘自己做豆腐卖豆腐,帮衬着拉扯哥哥姐姐还有二憨,爷爷奶奶都已八十多岁,一家人的日子虽说不富裕,但也凑合。二憨爹刚死那会儿,娘不再做豆腐,日日在田间地头操劳,从春忙到秋,然而山西近几年大旱,自家那几块坡地的收成越来越不好。二憨的姐姐十一岁便辍了学,跟娘赶集学做生意,红枣、核桃、柿子、黄杏、土豆、辣椒,都是自家树上、地里种的,卖了钱就立刻去镇上的邮局寄出去,哥哥大憨在外地读大学,学费还没着落。其实大憨自己也并不得闲,一年两个假期,寒来暑往,他四处打工挣钱,想到往返两百多块钱的路费,已经三年没回过家了。大憨在最后一封来信上说:"马上毕业了,再坚持一年,我就可以工作,就要熬出头了……"

二憨开学就要升初中了,想着全家都在为生计努力奋斗,觉得自己也要做点什么才行。他本想学姐姐早早退学,帮家里分忧解愁,渡难关,但娘知道后坚决反对,娘说:"女娃读再多书有啥用?早晚要出嫁,嫁出的闺女泼出去的水。男娃可不一样,顶门立户,二憨好好学习考大学,毕业以后去省城过好日子,光宗耀祖。"想到这里,二憨不由地叹了口气,摸一摸毛驴:"要不大憨把学上好,二憨早日把矿灯戴上?"

二憨的家,地处晋东南偏僻村落,早前每到春天,村支书动员全村人栽种"仁用杏"。这是一种专供食用杏核的土杏品种,按人头分配,你家种多少棵,他家种多少棵,那时候爹还活着,专门负责此事。那时山西乡下的春天不比现在,绿化极差,四五月份一到,黄沙弥漫,遮天闭月,风一刮,眼睛都睁不开。女人们每天出门,人人围裹头巾,山坡上的脑袋花红柳绿,形成一道独特亮丽的风景线。男人们则口罩帽子齐上阵。风沙实在太大,动辄便黄风扑面,像《西游记》里每逢妖怪出现的那种天气。就在这样的季节,村民们浩浩荡荡,去野外挖坑种树。自己那时几岁?很多细节早已模糊不清,但二憨始终记得爹经常爱说的一句话:"一天吃够四两土,白天不够夜里补。"晚上娘给爹爹洗澡,大木盆里厚厚一层黄浆。连呼吸都带着土腥气,嗓子眼直痒。这种杏子成熟后,只能吃仁,核很大,果肉基本没有,等于皮包核。然而这种杏树年年种,年年死,根本无法存活。"不管死活,只管种!"村支书说:"这是任务!"

爹死后没几年,村里开始把山上的松树、果树,挨家挨户按人头分包给村民。二憨家此时已经没了强劳力,只分到两棵果树。村支书说:"多了反正也没球人(没什么人)种不是?瞎糟蹋嘛。"

有天二憨夜里尿急,迷迷糊糊醒来,发现娘坐在床头抹眼泪,奶奶不住地唉声叹气:"命中只带八角米,走遍天下不满升,哎,一年到头忙得要死,也见不到几个钱。林家山家,都不如果家。这一家老的老,小的小,以后的日子可咋办……"

谁家果树分得多,不必问,日子肯定红火。但让二憨感觉奇怪的是,村支书自己不要松树,也没要果树,只要了最北面的那两座小山。那山上树没几棵,远远望去,光秃秃的全是石头,完全就是一处荒山。山洞里据说住着毒蝎子、毒蛇、毒蜈蚣,村里的小孩从来不敢往上爬。山上几乎没有可耕作的地,乱石滚就的河滩边,飞石垒叠,寸草不生,荆条艾蒿倒是疯涨。紧傍着老溶洞,没有任何灌溉渠道,当年全国各地学大寨时,村民们手挖肩挑,辛苦造就的大寨田跟苹果园,如今早已荒芜,满眼凄清,已然变成一片灌木丛。偶尔有几只山鸡野兔,翅膀扑腾扑腾,一窜而过。后来娘把此事专门在信里转述给大憨,回信上说:"村支书就是村支书,高风亮节,先人后己。"

多年后的今天,乡亲们终于恍然,村支书当年高瞻远瞩,之所以留给自家那两座秃头山,其实是深思熟虑之举——他早就知道山下深藏着黑宝贝——煤。二憨立刻想起爹在世时常挂在嘴边的话:"乌金墨玉太阳石,地底下值钱的玩意儿,多着哩!"

几年前,这一带地区的煤储量很少,看不出太大经济价值,鲜有人问津。近几年,无烟煤市场价格一路飙涨,眼下已经炒到一千多块钱一吨,仍供不应求。村人们此时关起门窗唉声叹气,一肚皮火,嘴上却不得不服。

也就一年时间不到,村支书的家已然鸟枪换炮,盖起五层小洋楼,门口左右蹲着的两座石狮子,是专程去省城太原定制的,光那个琉璃瓦门头,据说就花了一万多块。门楣正中间硕大猩红的两个字,镶了一圈金边——钱宅,据说是某著名书法家的真迹。发家致富不忘本。有一天,村支书通过村广播站的喇叭喊话:"村民同志们注意啦,注意啦!挣钱不修德,迟早要耍脱。俺没有忘记乡亲们哪!从外头花钱雇矿工,不如用咱自家人,肥水不流外人田嘛!村里谁家有困难,愿意来,随时上山当矿工啊!"

煤炭深埋地下,逾万年亿年,睡得很香很沉。挖出后直接露天堆放,越堆越高,难免发生自燃。于是每个私人小煤窑,都不可缺少一个专门负责往煤堆上喷水的人。这活儿一般人都不愿意干。耗时费力不说,一天下来,挣不了几个钱。二憨刚来煤窑那几天,没机会下槽,村支书瞥他一眼说:"一扎扎高,能干球个甚?净瞎捣乱!"二憨自告奋勇,转着圈往煤堆上喷水。煤堆最高处,水压太低,浇不到,二憨冒着被烧伤的危险,爬到煤顶上,怀抱一根水管,从早到晚紧盯煤堆。近正午时分,阳光凶猛,二憨看见哪里微微冒烟,就立刻一顿狂喷猛射。有次一不小心踏空,二憨从煤堆上滚下来,成了个黑人。师傅们哈哈大笑。二憨咬咬牙,学着电影镜头中堵敌人枪眼的英雄,嗷嗷大叫着再次冲上去。而这一幕,不知何时被躲在隐蔽角落里的记者抓拍下来,刊登于第二天的省报上。照片中的二憨,手举胶皮管,瘦瘦小小，浑身上下黑不溜秋，牙齿却白得发亮，整个版面图文并茂，大标题赫然醒目——煤堆上的少年。村支书终于同意他留下，二憨很是得意了几天，直到现在，一想起来仍忍不住要笑。

此刻在黑暗中，传来老鼠的吱吱叫声。槽下幽深而寂静，这种声音越发显得刺耳。依靠头顶矿灯的亮光，二憨从旁边的角落里、荒块堆中，看见老鼠的影子快速一闪，他下意识地捡起一块荒，刚准备砸，师傅挥手就是一巴掌，大声呵斥："不能打！"二憨怔住，师傅双手合十道："槽子里冬暖夏凉，最适合老鼠打洞住家，咱新掘煤层，哪里能见到老鼠，就能推进到哪。这家伙可是咱的活祖宗呢！"他又指一指煤壁，"这些用荒块枝花垒成的槽壁，到处都是沟沟缝缝，老鼠生来爱钻洞。此处没有猫，不见老鹰，住在里面舒服安全得很哪！咱只要跟着去，方向一准不会错。"二憨哦了一声，听见师傅又说："鼠爷对瓦斯气体最敏感，如果连续三四天，槽下看不见老鼠，你小子倒是要多长个心眼喽！"二憨听得不明所以，身后有人笑道："老鼠可是吃阴间饭的人保命、救命的警报器，不但不能砸不能打，还需时常在心中祷告，要给鼠爷烧高香供着哩！憨娃。"

眼前的这个新槽，当初刚打到十多米时，曾见到过一点炭。村支书出煤心切，一再催促师傅们加快速度，全力以赴打进度。然而因为距离地面较近，开始见到的那点炭，其实只是埋得较深炭层的尾巴,只是假象。继续推进四五米,煤层果然再也不见踪影。李师傅身经百战,经验丰富,当机立断让所有人停下,忖度再三,决定调转槽子的推进方向,直指前面的山包继续打。村支书心存疑虑:"会不会是瞎子点灯白费蜡?"李师傅头也不抬,鼻子一哼来了句:"我断定那里面肯定有煤。不然,这个月算老子白干!"

一切果然不出李师傅所料,没挖多久便见到了新煤层。此刻在进槽门十多米左右的地方,形成一个几乎九十度的弯道。奇迹就发生在转弯处。二憨眼瞅着一个满载煤块的柳条筐,轰隆隆就要撞上前面那位师傅,幸亏他迅速做出反应,下意识地往边上一跳,刹那间,那底子上安了钢片的筐子由于巨大惯性,在转弯的地方脱了轨,发出咣当一声巨响,黑暗中有人大叫:"跳道啦!"筐子已经死死顶在槽子岩壁上,煤尘飞扬中,紧跟后面的两个满筐,依次被障碍物挡住。有人吓得脱口而出:"老子差一点成了夹肉饼。"嗤嗤地笑着。

二憨悚然间剧烈地咳嗽起来,一时涕泗横流,他连滚带爬出了槽,仍惊魂未定。李师傅跟在身后一脸平静,掏出烟锅在鞋底上磕了一磕,若无其事道:"心好自然好,菩萨供得高。怕有球用?"

村支书的闺女叫天天,跟二憨是同学。二憨能进小煤窑打工,天天也帮了不少忙。暑假时试着干了两个多月,挣了几百块,二憨把钱交给娘,自己留下几块钱,偷偷跑到镇上买了两本小人书,用马粪纸仔细包起来,踌躇再三,在上面写了四个字:感谢天天。

放寒假了,天天又想方设法,逼着她爹把别人辞掉,给二憨腾位。村支书其实挺喜欢二憨,觉得这娃是真憨,随他爹,有一身的虎劲。外雇的几个矿工中,李师傅也最喜欢二憨。假期结束,二憨回学校了。有时候放学出来,发现李师傅蹲在校门口抽烟。他是专门来等二憨的,每次来都买一兜好吃的零食。

天天最开始有点不服气,心想,论个头,二憨比自己还要矮一节,她住洋楼,是村里第一个买电脑、学钢琴的人。二憨家穷得叮当响,爹死了,娘还是个病秧子,就连他自己从头到脚,穿的都是城里人捐的旧衣、旧鞋袜,顿顿白米饭就咸菜疙瘩,还经常吃不饱,瘦得像麻秆,凭啥大家都那么稀罕他?但想到二憨的考试成绩,永远排年级第一,嘴甜人伶俐,天天气归气,心里仍是喜欢。

那天上体育课,二憨站在天天身后,悄悄告诉她自己想戴矿灯。天天立刻表示反对。太阳下她的脸红扑扑的,扭头瞪了二憨一眼:"你还没铁锹把子高,能让你去矿上做小工,已经很过分了！知不知道我跟我爹好话歹话一箩筐？你娘希望你好好学习，跟你哥一样上大学！"二憨不吭声。天天想了想说："我希望，将来我俩都能到省城去学习、工作、生活，就跟现在这样，永远在一起，不好吗？"

二憨从未考虑过将来是否可以鹏程万里，他眼下唯一的心愿，是让娘的病快点好起来。爷爷奶奶年纪一大把，早已不能下地干活。有次班上搞问卷调查，老师让每个同学说一说自己的理想。二憨说："渴望在自家的两片坡地里，建一座塑料暖棚，一年四季有菜吃，山药蛋可以种三季，白天继续去矿上挖煤，夜里在网上推销自家地里种的蔬菜跟瓜果……"同学们哄堂大笑，只有天天一脸严肃。二憨继续认认真真地说："那时我娘就可以永远待在家里，再也不用下地动弹（干农活），那时病已经彻底好了，皮肤比翠翠娘白净哩。"在二憨心里这梦想只有"戴上矿灯"才有可能实现。一想到自己尚且不满十四岁，二憨掰着手指，跟天天说："还得四年，四年哩！花开四次，叶落四回，母鸡孵蛋换过三茬哩！"二憨叹了口气，"俺娘就是累的，她太累了，俺等不了四年，等不了，等不了呀……你要真为俺好，跟你爹再说说，让俺当矿工行不行？"

"不行不行！坚决不行！"天天嘴一噘，伸手戳了二憨一下，"一旦真正戴上矿灯，便是正式的矿工了，不继续读书，成绩再好有啥用?"她急得直跺脚,"你那么稀罕矿灯,赶明儿俺送你一个矿上专用的大电棒——八节电池! 比矿灯亮得多,晚上能射穿猫头鹰的老巢!"

二憨低头沉默,看着从鞋子里钻出来的右脚大拇指,小声地说:"俺就稀罕矿灯。俺不要啥八节电池大电棒。"

"不行不行不行!"天天在二憨耳边喊,"死了这条心! 俺跟你娘一样,就希望你好好学习,别整天想着戴矿灯戴矿灯! 别再说了!"

山高水高,新掘进的槽子里都会透水,山西地区的山泉水里含有较重的碱性物质,硫磷含量都极高,对皮肤有很强的腐蚀性,长期浸泡,皮肤会发痒,甚至溃烂。因此,矿工们下槽前,必须换上特质的长筒雨靴,尽可能避免因爆破产生的尖利的岩石碎片刺破腿脚,然而意外来袭,仍猝不及防。

"憨娃,你今年到底几岁?"二憨想起李师傅第一次给自己洗澡,慢慢脱掉他的雨靴,看着他两只已被泡得泛白脱皮的脚丫,笑眯眯地问他。

"过了年,满十四。"

"看看,还站不直呀!"李师傅扒拉扒拉二憨腿间的小雀雀:"奶毛没褪净,就想冒充大尾巴鹰? 一天到晚想着带矿灯,你还没俺孙女大哩!"二憨头一歪,小声叨咕:"门缝里看人。"

李师傅说:"俺孙女今年十五,比天天长得还好看,杏核眼、瓜子脸,小鼻子俏俏的,皮肤雪白,哪天叫山上来给你瞧瞧?"

"那,俺也叫你爷爷……"

"穷人家的娃,早当家,可你当得也太早了点噢……"李师傅叹了口气,"叫爷爷好。以后就叫爷爷!你来挖煤,你娘知道不?"

二憨不吱声了。

有次收工后,李师傅把安全帽扣在二憨头上,电池扎好,让他在洞口跑了好几个来回。二憨开心地哈哈直笑。想起自己第一天到煤窑干活,怕娘知道,下工洗干净后才敢回家。小煤窑的伙房里可以烧水,李师傅就住在山上,屋里有口大水缸,特意从村里赶驴车托运上山。二憨洗头擦身,就在这个小屋。李师傅亲自动手。二憨长这么大,还没真正洗过澡,从头到脚洗了半天,香皂用掉一截,低头闻了又闻,笑了:"啥味道,咋那么香?"然而回家后被爷爷奶奶好一顿数落:"好端端的男娃,学什么做豆腐? 还跑到别人家里洗澡,不害臊?"叹了口气,缓声道,"占小便宜吃大亏,天下没有白吃的宴。"此后二憨再洗澡,再也不用香皂,也不叫师傅动手,自己胡乱地狠搓一气。

村支书开煤窑,但他自己从没下过槽。生产与安全,通通交给李师傅，他只负责发小竹签，每天端坐于煤窑背后那间大瓦房里，抽烟喝茶听山西梆子。

李师傅来煤窑的时间最长，据说早前在某国营大矿上干，年纪大了手脚慢，任务常常不达标，被辞退回家后不久，村支书聘请他来到自家的小煤窑。李师傅的眼睛很大，常年井下工作，眼球混浊，眼神黯淡，看世界总仿佛蒙着一层纱，才六十岁，背已经驼得十分厉害，从早咳到晚，且一咳就喘，喘得上气不接下气。而每到此时，二憨就奔进小屋去，从床下摸出一个玻璃罐，抓一把曼陀罗的籽，掺到大烟叶里给师傅来上一锅旱烟。一口抽下去，团团浓烟四下升散，李师傅顺过气来了。这东西治老年性哮喘病很好，比吃药灵。

凡是到小煤窑干活的人，都对老李师傅敬畏有加。在井下分配刨煤扒煤，一环紧扣一环，哪个人若稍有闪失，动作迟缓，他立刻破口大骂："你娘的裤裆没系紧？咋生出你个榆木疙瘩木瓜脑袋！"有矿工私下议论，说大矿井都难逃透水或冒顶，瓦斯爆炸更是家常便饭，这屁大一个小煤窑，完全靠老矿工的经验来指挥判断，几十号人的身家性命，等于他一手掌控，简直比阎王爷都厉害。然而说归说，大家心里明白，想来挖煤的人很多，谁不想干，立刻滚蛋，于是再怎么挨骂也毫无怨言，任凭李师傅指派。可一旦出了槽子，李师傅面孔一换，语气变得和善而友好,看人的眼神也温和慈祥,像崖头上吃草的老牛,不见一丝凶悍。大家于是背地里说他是"老妖怪"。

李师傅经常给二憨零花钱,二憨不要,再换个形式,悄悄塞一包饼干或一把水果糖。二憨开学了,隔一阵子就要抽空上山来,只为给李师傅送些自家地里种的果蔬,有时是一篮子刚起出来的黄心山药蛋。

"船小好掉头,船大转弯难。"有次李师傅跟二憨闲聊,说起山西各地村镇现状,"不论远近大小,丰腴贫瘠,但凡有煤层的地方,你看都不用看,必定有煤窑。"二憨没吭声。李师傅摇摇头,面部表情似笑非笑:"大大小小的私人煤窑,窑窑相望,接二连三,像夜里下过一场暴雨,雨后春笋一眨眼,通通冒出来,憨娃猜猜能有多少?"二憨笑笑:"多少?"李师傅咳一声清理嗓子,手指头掐算道:"上万座,也许不止哩。"

村支书集思广益,审时度势,很快扩大化经营,相继又开出两家新窑。此时还没有出煤,拉出的矿渣里,可见零星的煤块、新泥煤,已经足以维持所有小煤窑日常生活所需。然而看不见煤,就意味着看不见钞票,一天只管两顿饭,大家都憋足了劲儿打进度。

人工开采,煤层较浅,最深的竖井也就一百二三十米。瓦斯爆炸事故并不多。随着煤窑越采越深,三百米、四百米、五百米……危险系数成倍增加。从槽子里运出的矿渣,最开始是地表的黄色黏土,里面夹杂大石块、小石子。再挖,是比较硬的黄砂岩,然后是更硬的灰砂岩。这个阶段最难熬。师傅们不住地埋怨:"连放三炮,啃不到一米,不出煤挣个屁钱!"待等即将接近煤层时,岩石会变成黑褐色,师傅们的脸上终于露出一丝笑容,希望就在眼前。二憨忽然想到课文里刚学过的"近朱者赤,近墨者黑",仔细观察,突然发现槽子前面堆积的矿渣颜色,果然都是逐渐由浅渐深。

槽子的走向与岩层的走向间有一个较大的夹角,煤层就夹在岩层中间。有时两个煤层间隔可达二三十米,有的地方则只相隔几米。二憨觉得,打槽子坑道,有点像书虫在书页之间啃出的洞眼。通常一条新煤槽,会横穿过两三个煤层,大约两百米左右。鼓风机的通风能力极其有限,于是不再往里继续推进,开始往后退着出煤。

终于能见到钱了,村支书心情大好,大臂一挥指点江山:"今儿早些收工,猪肉炖粉条,管够闹!"

此时矿上已不再雇用新人劳力,而开始采取畜力车斜井模式,改用骡子或毛驴驮煤。斜坡慢慢朝地底下缓势延伸,骡队运输仍然没有专业技术人员,没有专门的煤溜子——一种矿井里由下至上运煤的转送带。等骡子把煤驮上来，等在外面的人直接倒进车槽就行。

矿工都爱抽烟，井下绝对严令禁止。下井前，对每一个人从头到脚严格检查，一旦搜出香烟或火柴，严惩不贷。事关人命，工友们自觉互相监督，对企图侥幸的人毫不客气，一经发现，少不了挨顿暴揍，或干脆卷铺盖滚下山去。

二憨见过最脏的雨，是在矿上。黑雨下起来没完没了。前来拉煤的大车司机，常常一等就一个或几个小时，心烦意躁，打伞下来透气。二憨站在角落默然观看。雨点落下，裹挟着悬浮于半空的煤尘，彻底改变了伞的本色，最后都变成乌黑。打黑伞的人来来去去，满载而归的拖挂卡车，在山间匍匐蜿蜒，远远望去，仿佛乌塘深处落满了一群鸦。

二憨此时已不再一门心思琢磨那顶矿灯，等放假再来矿上，日日蹲守在煤窑洞口，看着面前这支特殊的运煤队伍，眉头紧皱，自言自语："骡子们一定万万没想到，自己生来竟是在人们的驱使下，做这种暗无天日的工作……"

李师傅听得直笑，咳道："憨娃念书念傻喽。"

二憨默然无声，陷入思考。

几十头骡子，被主人赶到黑洞洞、阴森森的逼仄的井下，一车一车,一趟一趟,从井底往地面上驮煤。每天绝早,骡子天不亮就要被主人赶起来,照例先吃早餐。喂饱草料喝足水,骡子们就被套上特制的铁架子车,赶入井下。一干就是一整天。

骡队运煤,车主们每天开工前,要抓签来决定谁先下,谁第二第三第四……一个一个往下排。负责打头阵下井的骡子,大腿根要系一根红布条,主人则在车尾燃一挂鞭炮,噼啪炸响,硝烟弥漫,鞭子朝天一甩,落在骡子身上,它们于是埋头迈步,开启新一轮的奋战。

新煤窑在井底深处,伸手不见五指,空气浑浊不堪,隔很长的一段,才有一盏小马灯。二憨觉得十分奇怪:"换了骡子运煤,咋还不如当年十几个人一起挖的时候敞亮?"他今天跟着李师傅下槽,赶着骡子摸黑前行。

特制的马灯,看起来比以前更小。灯光微微昏黄,忽明忽暗,跟随骡子的蹄声,摇曳难定。头顶上不时落下的渣土煤灰,直往脖子里钻。胆战心惊中,二憨在担心,这小小的红光,指不定啥时会熄灭。灯火就那么微弱地亮着,摇曳着。终于到达指定位置。工具就摆在那里。一条高腿木凳上,有个背煤的篓筐,挖煤的啄子,装煤的方撬。

二憨跟着师傅,拿起啄子往四壁使劲儿地啄,煤层纷纷垮塌。井下空间狭小,初次进来,压抑感非常明显,进去没走多远,立刻会失去方向感与高度感,只觉身体直往下沉,往下坠。莫名的恐惧感袭来,手脚冰凉,脚底板却冒汗。骡子的步伐此时也渐渐吃力,吧嗒——吧嗒——吧——嗒。"啪啪!"骡子身上挨了一鞭。骡子的鼻孔里不时发出扑哧扑哧声,想叫,李师傅朝它屁股上猛抽一鞭,手中用力,那骡子大张开嘴,铁嚼子几乎勒进肉里,龇牙咧嘴吐舌头,使劲儿地甩头。"狗日的,老实点!"李师傅往手心里呵呸吐一口,扭头吩咐二憨,"抓紧时间,下一头骡子在窑口等着哪。"

很快便装满了一筐。爷孙俩正发力往前使劲儿推车,忽听得哐啷一声一响,大拖头一歪,死活推不动了。"操蛋玩意儿,轨道钉在下面的圆木上了。"因为安装极不规范,接口的地方间隙太大,跳道是常事。每到此时,工人就把怒气撒在牲口身上,狠抽一鞭,斥道:"下来了多少趟,走路不知道看?"

二憨突然有种将要被埋葬的感受:"还能不能出去?如果煤洞真的坍塌,会不会有人来救?"纵然是全副武装,戴着双层口罩、防尘眼镜,鼻息里照旧充斥着浓浓的煤尘味。到处可见爆破的旧痕,越往槽子的深处走,火药味越浓,呛得简直透不过气。

再坚持五六分钟,二憨渐感呼吸困难,嗓子眼干痛,张嘴不出声,两股战战。煤洞里除了挖煤运煤的工具,四周空空如也,是一个巨大的黑窟窿。惊恐中,二憨努力调转身体,手足并用往后逃。待等连滚带爬出来,坐在洞口一把扯掉面罩跟眼罩,仰面朝天狠喘,那煤尘极细极厚,四下弥散,仿佛一路追着自己,根本无处可逃。

过了片刻,李师傅赶着骡子出来了,二憨紧张的神经渐渐松弛,他爬起来拍打身上的土,却总感觉那煤尘已经渗透进发丝跟肌肤毛孔,钻入肺跟呼吸道里。

李师傅抓一把干草喂给骡子,淡然道:"一年到头,牲口们两点一线,它们往哪逃?"

无以计数的小煤窑,走过春夏秋冬,一如既往的闷热潮湿。早前二憨跟随师傅们下井,因为都是男人,经常赤身裸体。但骡子无此可能。李师傅说:"总不能脱掉生就带来的那一身皮袄吧?"

小煤窑的巷道,狭窄而漫长,骡子们拉着一车一车的煤,速度越往后越慢,慢悠悠,慢悠悠,啪嗒啪嗒,艰难地从井底爬上来。好不容易刚闻到一口新鲜空气,脚下稍一停,头顶上"啪啪"迎空两响,身上狠狠落了两鞭子。主人咒骂:"风吹夜壶叫,贵州骡子学马叫。操死你个杂种!再偷懒!"

从井下拉整车的煤往井口上来,要经过一个斜坡,坡度并不大,但非常漫长。上这个坡,必须一气呵成,期间不能停,稍一歇,连车带骡子,又出溜下去了,前功尽弃。

那天二憨跟在骡子屁股后头寻思，早前是人力拉，累了可以走走停停，喘口气再继续，可骡子不行，它们身上套着煤车，下面带着两个小轮子，车轮和主人的鞭子，可绝不会手下留情。他掉转身来看一眼师傅，说："骡子们或许也想停下歇歇？"

日复如是，昼夜难歇，骡子们埋头铆足力气驮煤。上来下去，下去上来。拼尽全力终于拉到井口，终于见到阳光。那阳光白耀而刺眼，骡子的眼睛一下子难以适应，立刻闭眼是自然反应，鼻孔里不断地喷出一股一股白气。蹄子挠地，头乱甩。而从井下跟车上来的主人，一般在即将上井之前，早早将特质的墨镜戴起来，上井后即使太阳再怎么刺眼，他们的眼睛毫无不适。二憨问师傅："有骡子墨镜卖吗？"

骡子驮队昼夜不息，铁蹄日踏夜踩，历经多少时光，留下长长的蹄窝，一行行足迹渐深，更深，日积月累，最后形成一条贯穿阴阳两界的特殊通途。等骡子的眼睛刚刚适应了地面的太阳，气息尚未来得及喘匀，便再次被赶入井底。终而复始，循环无尽。

"干吗不用马驮？"

李师傅蹲在一旁抽烟，说："一头骡子走平地，可驮五六百斤，爬山或下井，少说能驮三四百斤，也许不止？上上下下跑个七八趟，一点不成问题。马跟驴能比？比不了嘛。"二憨说："一会儿不让歇,它累死了。"

"瞎操心。"李师傅笑起来,"打小练就的童子功,力大、韧性足。骡子两三岁就能下地干活,一干三十几年。直干到死。这是它的命!跟马、驴相比,骡子特好养。冷了热了无所谓,不贵气,就吃玉米拌麸皮,季节好时喂些稻草跟树叶,一天二三十斤,哪怕狗日的再能吃,也不过二三十块成本钱。可一旦干起活来,杂种可一点不糊弄人,平均下来,每头骡子每天少说能赚三百块。比养驴养马划算得多哩!"李师傅把烟锅在鞋底上磕一磕,烟叶包缠几缠,别在腰里:"要说养骡子特别费啥?水!这畜类特别爱喝,真能喝,一天起码喝七八十斤,好在咱矿上也不缺……"

斗转星移,昼夜无分。骡队的车主们,人人恨不得一天能跑百八十趟。煤炭驮得次数多,领小竹签就多。每天天一擦黑收工后,大家不约而同,聚集到煤窑后面的小窗户,排队领取工钱。一天一结。

天天都能看见现钱,这是村人争抢要来小煤窑挖煤的关键原因。而这个矿上同时开工的骡子,此时已有三十六头,基本都是加量又加趟,紧跑快赶,生怕自己被别人落下。平常每头骡子每次的定量是驮四百斤左右,那天有个车老板,给他的骡子背了不止五百斤的量。通常情况,每头骡子上午跑五趟,最后一趟拉上来,要让它饮水、消汗,恢复体力,车主们则跑到隔壁屋里简单地冲个澡,凉快凉快,然后聚到一起吸烟喝茶胡侃,最热门的话题无疑是哪家的媳妇奶子肥、屁股大。等吃过午饭,人跟骡子继续接着干。下午骡子再驮五趟,这一天便宣告结束。

那天,一个车主让他的骡子一个上午就跑了六七趟。二憨亲眼看着那只可怜的骡子,一次一次上来,一次一次被赶下去,一口水没喝。骡子的脚步渐缓、更缓,主人的鞭子啪啪直落。二憨看见那骡子的肚皮上有几块皮毛耷拉下来,也不掉,就那么吊挂牵扯着,一走一晃。骡子背上套车硌着的地方,毛已全部掉光,破了皮,粉红色的肉外翻出来,磨出了血。二憨看得心里直皱眉:"骡子什么感觉?疼不疼?"

骡子的步伐走得更加歪斜,最前面的一头骡子实在吃不住劲了,忽然停下,向后挫,倒退几步再继续朝前。然而跟在后面的骡子条件反射,屁股紧紧一夹,腰往下沉,拼命地顶住,四蹄原地挠。车主的胶皮鞭子起起落落,在空中划成一道一道弧线,啪啪声,咒骂声,霎时响成一片,整个骡队总算不至于集体后退。

而此时再看那只打头阵的骡子,已是口吐白沫。主人还不让它休息。二憨心里默数,当骡子跑完第七趟时,从井下一上来,浑身抖,腿哆嗦得站不住,主人的鞭子啪啪再甩,骡子扑通一声跪倒,脑袋一歪,呼吸只出不进了。

李师傅喊了一声:"糟糕!"疾步奔去,"这家伙的身体开始扭搭,腰要塌,挺不起来了,要出事!"话未落音,只见那只骡子晃悠了两下,整个身体朝边上一栽,再没起来。

主人这下慌了,手忙脚乱,弄了水和吃的,掰开骡子的嘴硬往里塞,连吼带骂:"老子算好了要跑够八趟,才跑了七趟你就不干啦?杂种!没用的玩意儿!吃呀吃呀,你吃呀,喝水!"但那骡子横在地上一动不动,肚皮涨得滚滚圆,眼睛瞪得很大,仿佛盯着眼前这世界。它已经咽气了。

二憨的大脑一片空白,只觉得身体僵硬,腿却发软,头晕目眩,蹲坐在地。他发现骡子的眼睛要比人的眼睛清澈许多,汪汪两泉水,深不见底。瞳孔深处,照见两个二憨。二憨说:"你想跟我说啥?"骡子寂然无声地躺着。二憨想起在县城曾见过马车拉石头的,大夏天走着走着,那马忽然倒下,浑身哆嗦,赶车的跳下来就是一顿鞭子,疯狂地抽打,满嘴粗话。那马挣扎几下,怎么也站不起来,身上还套着车。不知怎么回事,二憨盯看久了发现,眼前的骡子忽然变成了父亲,大豆地里残缺的脑袋,雾蒙蒙的眼睛……二憨忍不住哭起来:"临死还挨了一顿鞭子,下辈子投胎,可千万别做骡子做马。"

李师傅在一旁叹气:"驴肉香,马肉臭,打死不吃骡子肉。得抓紧时间宰杀,骡子皮完整剥下来,兴许能卖个好价……"

不觉天已落黑,远山漫进厚厚浓雾,天边那几朵红云,此刻渐暗。几颗星星挣扎着跳出来。喧闹的白天,终于走到尽头。山风微微吹来,干裂中带来一丝温暖。二憨最喜欢这样的夜晚。唯有黑暗才平等而沉默,它张开宽阔怀抱,搂住眼前这山山水水,也搂住自己。

二憨朝着圈骡子的地方张望,脑海中再次闪现出那头惨死的骡子。那双瞪大的眼睛,眼神空洞而寂然。猛然间想起那只被塞满一嘴泥的骡子,叨咕一声:"它现在怎么样?泥巴吐干净了没?吃东西会不会硌牙?"

师傅们都在身后的屋子里休息,二憨回头看一眼,想了想,一溜小跑出去,来到白天挨了鞭子的骡子跟前,站在几步之外,盯着它看。

骡子面无表情,沉默地站着。

"你在想什么?认识我吗?"二憨捡起地上一根树枝,伸到骡子眼前晃一晃,"你张开嘴给我看看?"二憨屁股上突然挨了一脚,吓得他一哆嗦。

一个师傅出来撒尿,看见二憨站在骡圈跟前自言自语,提着裤子走过来:"憨娃,看骡子不如去看驴看马!"二憨不吭声。那人嘻嘻一笑:"杂种有甚好看? 有心没胆。小心它尥一蹶子,踢爆你那没长毛的蛋包小山雀!"说完哈哈笑着走了。

等那人走远,二憨回过头来对骡子说:"我给你讲个故事?"骡子晃晃脑袋,原地踏了两下。二憨像想起什么似的:"你背上的伤,疼不疼?"说罢朝左右看看,"哎,要是弄点桐油来就好了。听爷爷说,用桐油浸泡纱布,包在伤口上不会发炎,不会化脓,伤口结痂快。我明天想办法给你找点?"骡子昂起脑袋甩了甩,扑哧扑哧,原地踏步。"你听懂啦?"二憨不禁笑起来,往跟前挪了两步,"其实你也别难过,其他的骡子过得不比你好,都挨鞭子,驮空筐不走,都被塞一嘴土坷垃烂泥巴,"他突然想起另外一件事来,"你会飞吗? 会不会飞? 你听说过会飞的骡子吗?"

二憨往后退几步,站定后拿干树枝在地上胡乱写画着说:"我见过会飞的骡子。"面前的这骡子一动不动,不再摇头踏步。二憨说:"你不信? 是真的呀!"

一年多以前,二憨跟着大人们去某工地做小工。在山顶进行公用设施建设。山道狭窄,其他运输工具根本上不去,而施工所需的沙石跟水泥等建筑材料,只能依靠骡子驮上山去。

二憨跟骡子四目相对,他说:"骡子驮石,在乡间本来如同黄牛耕田,习以为常。一头骡子每天能驮十多个来回,走走停停,每趟要花个把小时。事发那天,天刚蒙蒙亮,当时主人正一手抓着缰绳,一手往骡背上的箩筐里装东西,骡子向前走了三四米,一瘸一拐,艰难地往山上爬,没走几步就停下,主人狠抽鞭子,骡子再抬腿,后腿无力地打软,背筐里的石块差点翻出来,那骡子不肯再背,开始往前挣扎……"二憨仔细回忆,那时每天都能看到有骡子累到脚打弯,摔倒在地的情形,不禁叹了口气:"那只骡子走在半山腰,突然朝边上纵身一跃。下面可是崖!是悬崖!"面前这只骡子寂然无声,继续听二憨说,"骡子的主人哎呀大叫,奔下山去找,幸亏山上树多,那跳崖的骡子大概滚了十多米远,给树截住了,待发现它时,拦腰倒挂,脑袋耷拉,已经口吐白沫……"

二憨至今仍清楚地记得,那骡子纵身跳下的刹那,差点把抓缰绳的主人也一并带下山去。

面前的骡子默然而立,一动不动。二憨发现骡子头上的鬃毛,被汗水浸成一缕一缕,他很想伸手去摸一摸,又实在胆怯,于是捡起两根叶片较多的树枝,站在骡子身边使劲儿地扇起来,且扇且说:"凉快点了没?"

骡子安静地站着,偶尔低头嗅嗅地上的泥,慢慢转圈,忽然前蹄跪倒。二憨吓得朝后退,叫起来:"你怎么啦?"

那骡子迅速卧倒，舒展四蹄，向侧面横踢几下，猛踹，甩脑袋，接着整个身体开始用力地摩擦脚下细软的碎土。二憨这才长舒一口气，笑道："你想洗澡呀。"

骡子的蹄子有力踢打，小土坷垃四散着飞跳开，溅到二憨身上、脸上，飞入眼睛里。这样翻来覆去踢踹了一阵，骡子忽然一簇而起，从头到脚剧烈地摇晃抖动，快速传遍全身。团团尘雾在二憨周围弥漫开，骡子忽隐忽现，大粒的泥土从骡子身上簌簌抖落，它使劲儿地打了几个响鼻，终于静止下来。二憨捂着嘴大咳着说："这下舒服了。"

待等尘埃落定后发现，刚才骡子打滚的地方，出现一片丈余方圆的土地，十分光洁、平整。

李师傅听见动静，从屋里出来，看见二憨站在骡子圈边怔怔呆看，喊了一声"憨娃"。

二憨没吱声，眼前再次浮现出那只死不瞑目的骡子。再看看眼前这些从井下颤颤悠悠爬出来的骡子，它们累了一天，浑身皮毛被汗水浸得透湿，仍扑哧扑哧大喘气，一只骡子的嘴角溢出白沫来。二憨说："这些骡子原来是什么颜色？"

"管它白的灰的，反正一下井，出来就都变成黑的。"李师傅一高兴就喜欢唱几句，于是唱起来："我和妹妹呀门对门，看到妹妹长成人。花花大轿儿抬起走，哎呀呀，你说怄人不怄人……"走过来摸摸二憨的后脑勺,"憨娃,要行善积德啊,不然下辈子变骡子喽!"

嘴角溢白沫的骡子,眼睛周围沾满煤尘,愈发显得大。鼻孔周围全是煤灰,不知是泪水还是鼻涕,污渍厚厚的,一层叠一层。二憨很想上前摸,悄声念叨:"你累不累啊?"骡子仿佛心有灵犀似的,往边上一躲,双目紧阖,眼角有泪,浑身散发出一种从井下带上来的煤尘味道。

二憨退到十几步以外站着,想到自己家里的小毛驴,他家从没养过骡子,从没想到过,一只骡子会喘成那样。

眼前的这只骡子,肚子快速地起伏,起起伏伏,扑哧扑哧急喘。骡子的后腿根部肌肉,忽然像被电击了似的,剧烈地抖动,瞬间抖遍全身。二憨朝后倒,差点被绊了个跟头:"你究竟是舒服,还是痛苦?"

骡子突然开始摇头,猛烈摇,仰面朝天,蹄子把地刨出个坑来,龇牙咧嘴,鼻子里不断发出突突突的声音。二憨吓得大叫起来:"你是不是也快死了?骡子不是不会叫吗?"

李师傅在身后抬脚踹二憨屁股,笑道:"这狗日的鬼着哩!不过是想卧下歇缓歇缓,但它忘了身上还套着铁架子车。憨娃莫要大惊小怪。"

骡子渐渐安静下来,前腿稍稍曲了一曲,喘得没那么厉害了。

李师傅扭头呸一口,走过去,抓住自家骡子的笼头使劲扯。刚刚拉上来的一车煤,早已经卸完,还不到一袋烟的工夫。

"憨娃,咱走!"

骡子的眼睛、骡子的鼻孔、骡子的嘴,通通都被煤尘化了一个厚重的"烟熏妆"。骡子们现在已经重新归于平静,它们慢慢睁开眼,肚子还在一起一伏,但速度明显缓下来。啪嗒啪嗒啪嗒,迈开腿,往井口的方向走去。

二憨问师傅:"爷爷你累不累?"但觉得更疲更累的应该是骡子,于是默默叹了口气,心乱如麻。

二憨不时地看骡子,那骡子也看他。四目相望,两厢无语。其他家的骡子也陆续不断地被拉转过来,纷纷调头朝井口走。主人坐在车上不住地骂着粗话,嫌骡子的动作慢,手中那根短而粗的胶皮鞭子,不时啪啪啪雨点般落下。骡子一声不吭地走。二憨问自己:"它们为生而为骡后悔吗?永远那么沉默,怎么不知道反抗?"

骡子的每一次转身都很慢,显得十分笨拙,但看得出很努力。骡子们就那么面无表情,一点一点掉转身,朝了黑洞洞的井下,一次又一次,无可奈何地走下去,走下去……

正午时分,二憨躲在背阴处歇息,发现排在最后的一头骡子,脚步明显趔趄,任凭身上不住地挨鞭子,它挣扎几下,实在走不动了。头顶的太阳火辣辣的,晒得人肉疼,二憨浑身火烧火燎,看着强烈的阳光从骡子身上一点一点减少,一点一点消散,终于彻底消失不见。他站起来紧跑几步追上去,想看看这些可怜的骡子,套了车后是怎样步履维艰,往黑幽幽的井下走的。

小煤窑的洞口雾深尘重,眼前除了厚厚的煤尘,根本什么也看不见。二憨的耳畔隐隐传来咣当咣当响,那是铁架子煤车的颠簸声。

距离开学没几天了,二憨抓紧时间在矿上做小工。他其实是舍不得那些骡子。那天二憨正帮师傅往车槽里卸煤,不知从哪里突然冲过来一个人,对着二憨咔嗒咔嗒一顿狂拍。大山里从春到冬,常常能碰到背双肩包的自由行者,但数九寒天则少见。那人拍完照,一句话不说,匆匆塞给二憨几百块钱,扭头就走。二憨在小煤窑只能见到五块十块的小票子,顿时怔住了。

村支书躲在屋里烤火,只有发竹签时才把窗子打开一条缝,此刻不知从哪里窜出来,抡起一把扫帚上来就打,铁青着脸大吼:"是哪个狗日的允许拍照?拍啥拍?赶紧给老子滚!"

腊月二十八。大雪。雪花宛如银蝶满天飞舞,山川大地茫茫一色。二憨利用晌午歇工的机会,在李师傅屋里赶寒假作业。

大土炕烧得发烫,人窝在上面舒服得直犯困。这次上山,二憨偷偷装了一口袋自己晒的柿饼和山楂干,藏到院外老松树下,埋在雪里。明天下工后,李师傅说要回二百里外的家看孙女。

远处松树撑起白伞,露出一丝绿针,崖边的酸枣树灌木丛,为冰雪天地点缀粒粒红色。半山腰处的人家的屋檐下,有几颗挂在树梢的柿子,太高够不着,没人打,像银色世界挑起的一盏一盏小灯,黄澄澄的,十分悦目。二憨写不下去了,爬到床头,隔着窗子朝外张看。

不远处,有人赶着一辆驴车,那毛驴不好好走,梗起脖子哝哝哝地叫,屁股上挨了鞭子。二憨不禁笑出声来。一群山雀觅不到食,飞落到院子中间那棵果树上,叽叽喳喳,细雪簌簌抖落。二憨的眼前浮现出一盏一盏马灯,洞外大雪弥漫,洞内潮湿阴冷,那几朵橘黄色的火舌,微微摇曳,照亮一张一张沉默的脸,刻满倦容……

终于挨到上午收工,村支书说,今天改善生活,给大伙吃红烧肉。二憨学着师傅喝了点酒,此刻脑袋晕乎乎的,走路总觉得脚落不了地。

村支书叼着软中华走过来跟李师傅交代:"下午再挖六吨

就下工,早干早完! 正月十六,集体回窑开工。"临走时在二憨后脑勺上拍了一巴掌:"小兔崽子,还真能喝!"

李师傅好酒,但不敢贪杯,几十头骡子,几十号车主人的身家性命,都攥在他手中。吃过饭,看看二憨带上来的山货,李师傅笑了:"这两年,山楂干涨价涨得邪乎,俺孙女就好这一口!"二憨听了十分开心。

李师傅看着窗外灰沉沉的天独自咕哝一声:"上半晌太窝工,下半晌估计也快不了呀,人跟骡子一样,都太乏喽! 后天就是除夕夜,眨眼就一年了……"二憨听着心里莫名一沉。

看着眼前这些身套铁架子车的骡子,摸着黑,终日不见太阳,埋头努力地爬坡,爬坡。微颤的屁股、淋漓的大汗、鼻孔喷出的白气、眼角混浊的眼泪、一起一伏的肚皮,构成复杂而单调的画面,在二憨眼前不断地交错重叠,连接成黑白镜头。二憨摇摇晃晃站起身来,出门右拐,径直走到李师傅养得那头大黑骡子跟前站定,他借着酒劲,伸手快速地摸了一下骡子的屁股,笑嘻嘻地说:"马上要过年了,我就要十六了! 你知不知道?"

双姝梦魇

他重新回到咖啡馆,刚才坐的位置仍然被完好地保留着,桌子上的咖啡已然没有了热气,但摸摸还不凉。他深吸了一口气,坐下去。

还没到?

他觉得她今天有点怪。平时他们每一次碰面,她都十分准时,甚至常常早到了等他。

他抬起手腕看看才买的金装劳力士,距离约定的时间已经过去一刻钟。回想刚才那个按摩,竟然多做了一个钟,因为身体太过放松以至于睡过去了。他不禁嘴角轻扬,但马上蹙额摇头。

那个按摩技师的五官与神态,跟她真得太像了,像孪生。直到对方微笑着问,先生认识我?他方才回过神来。

莫非是自己眼花?他不禁自问。

在梦里,他正载着她驰骋,汪洋大海上一艘汽艇,一望无际的海平面寂静无声，海水湛蓝，头顶上空有几只巨大的白色海鸥，从高空俯冲，她发出一声声惊呼，带着刻意的快乐，有点夸张。他立刻便知道，她喜欢玩刺激。他们冲上一个又一个浪头，整个人剧烈摇晃，渐渐打破平衡，就在即将人仰船翻之时，耳畔有人大喊——地震啦。

醒来时，按摩技师拉了他的一只胳膊，捶、拿、拍、捏、搓，各种手势接连上阵。空心拳敲起来噼噼啪啪响，带着某种固定的节奏。一匹快马由远而近疾驰而来。

他的面前，那张长得跟她极为相似，简直像克隆出来的脸，笑靥如花，用专业的语调跟表情，轻声道，先生，您还要再加一个钟吗？

如同闪电过后隔了几秒方才听见雷声，他从手包里抽出几张百元大钞拍在床头柜上，迅速穿衣穿鞋，疾步离开。

这家按摩养身会所，就开在咖啡馆边上，隔一条街是他公司的办公大楼。上午下班，趁午休的间隙，他常常步行来此放松筋骨，舒缓一下紧绷的神经。这里的按摩技师都经过正规培训，手法老道，来得次数多了，渐渐熟络起来，她们管他叫"哥"，而并非今天这个按摩技师一口一个"先生"。

又过去半个钟头,她仍然没到。

他探头往窗外张望,不由得生出点怨气,招手买单,起身准备离开,抬头的瞬间,那个熟悉的妖娆的身影,正在对面的十字路口,渐渐变得清晰起来。

她今天穿件素色旗袍,脚蹬一双小猫跟皮鞋,手机贴在耳边,不知在跟什么人打电话,笑吟吟地说着,穿花度柳而来。

走还是不走?

踌躇间,忽听得耳边砰的一声,咖啡馆门前的马路上忽然聚拢一群人,指指点点。

他拔腿往外疾奔,跑得太急,仰面撞上她。

"你要去哪儿?这急火火的。"

他跟她四目相视,一脸惶惑。

她忤了一下,嗫嚅道:"临时有事,耽搁了。"

他浑身是汗,手脚却冰冷,只是定眼看着她,欲说还休似的。

他满脑门子汗,但咖啡厅里的空调足够冷,她从包里掏出条丝巾系到脖子上。

他这才缓过神来,重新落座。她就坐他对面。他的眼睛始终没有离开过她的脸。他甚至觉得,现在坐在自己面前的这个女人,就是刚才在按摩会所里给自己服务的按摩技师。他终于没憋住,忖度道:"你……从哪来?"

她大概没想到他会这样问,一时怔住了。

她的生活在他看来,向来都无关紧要,于是有了瞬间的迟疑,而这恰恰让他疑窦丛生。

"刚才临时给我们领导叫去了。"

窗外马路上,来看热闹的人越聚越多,120 救护车后面紧跟着 110 警车。两个警察戴着墨镜,看不出面部表情,围观的人被正午的阳光笼罩着,地上之人躺在担架上,正被抬进救护车。

一条手臂耷拉下来。地上一摊血渍。

"你去过隔壁的那个按摩会所?"他忽然冒出这句话。

她埋头滑动手机屏幕,不知给谁发信息,漫不经心地回应了一声。

他迟疑了几秒钟,又问:"你……有姐妹?"一只手放在面前的咖啡杯上,手指随意敲打杯柄。这是他的习惯性动作,借以掩盖紧张的心情。

她跟这个男人,如今已经走至第八年,生活从来见不得阳光。他对于她而言,仿佛一眼百年老井,深不见底,看一眼头晕,再看眼花缭乱,不知不觉便深陷其中,仿佛海底深处的八爪鱼,无处挣脱,却欲罢不能。

她其实早就知道他在哪工作,却一次也没来过他的公司。二人邂逅于某个阳光明媚的冬日午后。而他一早就知道,她对他的工作单位,兴趣浓厚,于是每天会在固定的时间,立于窗前,看她从十字街头出现。她只是埋头疾走,拐入右手边的人行道,然后习惯性从右往左张望,红灯停,绿灯行。她当然不知道有人在不远处窥视。他看着她穿过马路,继续朝前,偶尔对着橱窗驻足。她不断前来,却总是在最后一秒钟掉头离开。

早春的阳光是淡蓝色的,夏日正在呈斜坡缓慢上升。雨说来就来。她迎风冒雨而来,步履平稳,不急不缓。他想在微信里说,你红色风衣的小立领真好看,打字打了一半,又删掉了……

"没有。你知道我只有一个哥哥。"

他忽然对自己的鲁莽感到些许歉疚,把目光从窗外收回,微笑地看着她,说:"干吗那么紧张?"

喝完咖啡,照例去吃饭。"吃法式自助餐,还是日料?"他的语气听来随意,看似在征求她的意见,实则带了大男子的武断,不容置疑。她于是亦步亦趋,紧跟在他的身后往外走。

咖啡厅的吧台里一个男音在唱歌:

从没有期望你会内疚

我一再接受你放肆操守

人在说人在笑无重要

你的美丽如纯情美酒

当你的心无言地出走

当爱得仍唯恐不够

常自替你解释想一些理由

……

这天以后,他开始频繁穿梭于那家按摩养身会所。每次都指定要那个让他心生蹊跷的技师,以至于前台小姐一看见他先叫了声"哥",接着招呼道:"林欣,林欣。"

他竟破天荒的有一丝心猿意马,眼神却烁烁。那位被唤作林欣的女子,便从最里面的休息室款款而来:"先生这边请。"永远笑吟吟的。

他有时觉得,林欣应该不是她,不可能是她。林欣从来不会低眉低眼,更不会在他面前局促难安,而是一副一切都胜券在握的模样。眼前之人一双水灵灵的大眼睛忽闪忽闪,他不敢直视,仿佛那里面藏着长了翅膀的生灵,一不留神,便呼啦一下飞出来。他奇怪自己阅尽千帆,久经沙场,怎么会在这种地方,面对这样一个女人而阵脚大乱。他忽然间想到一个词——做贼心虚。

林欣倒是似乎已经习惯被人盯看,亦习惯了他每次前来,都会拿着第一次来时的莫名其妙的眼神审视自己。他眼睛里饱含游离与迟疑,似有似无的空洞跟局促,这让她觉得,他跟其他客人不一样,可究竟哪里不一样,又说不上来。

林欣十分明确自己的身份,她的职业告诉她,并非所有的客人,都喜欢主动问东问西。若是对方主动说点什么,那性质又不一样。林欣是个聪慧的女子,从遥远偏僻的小山村来到酒色霓虹的大都市,单打独斗,摸爬滚打近十年,早已深谙男女之间欲擒故纵的把戏。他不开口,她就不主动,只是低头尽心尽责地做事。然而这一次或许是怀了心事,她的手法总有点刻意,偶尔又会出现一两秒钟的停滞,但很快便恢复如常。

他趁着林欣按摩背部的片刻,双目阖起,佯睡中透过落地玻璃窗的折射,用余光偷窥,企图能从她的面部表情里,发现一点对自己有价值的东西。

在去过无数次按摩会所以后,那天,他躺在按摩床上任由林欣摆弄,终于下了决心。

"你……什么时候来这里的?"口气尽量显得漫不经心。

面对他猝不及防的提问,她忙碌着的双手一下僵滞住,像停在半空中，断了线的木偶。

他觉得那个让他纠结已久的谜底，马上要被揭开，这无疑让他有些激动。

然而她的回答却令他大失所望。

"我们以前在什么地方见过？"林欣抬起头来正视他，带着熟悉的微笑，"刚来工作，头一个客人是您，您当时就问了这个问题呀。"

林欣的语气表情、神态举止，看上去跟他第一次问她的时候丝毫不差，看不出半点撒谎的成分。她的眼睛里一片湛蓝，蓝天里是两个缩小了比例的人，正一脸惶惑。他感觉到了失态，于是不再多言。

以后他再来按摩会所，更多时只是为了看林欣。林欣对他送她的礼物，一概欣然接受，永远落落大方，笑吟吟迭声说谢谢。他喜欢上林欣的贤淑与安静，这渐渐成了某种固定的模式，成了生活里不可或缺的东西。

林欣其实是有正经工作的，正规三甲医院，做药剂师已有几年。当初她的理想是成为一名优秀的外科医生，然而事与愿违，单位整合，把她整合成了药剂师。一礼拜有三个夜班，白天的时间无处打发，便来这家按摩会所练习指法。她在大学时选修的科目,是按摩推拿,外科医生是做不成了,但或许能拥有一间属于自己的美容院。

每天前来抓药配药的病人,如潮似水,林欣的一双手上下翻飞,脚不点地从早忙到晚,像一朵快速旋转的莲花。大家最喜欢在林欣当班时来拿药,即使排队时间再长也毫无怨言,只为能看她一眼,若是可以再聊上几句,那就更心满意足了。

忙碌中的林欣,没时间去想其他的事情,那些伤感的情绪自然就不可能唤起,但一天忙完,她常常在更衣室里怔怔呆坐,双目无光,大脑空白。有一次,同事来商量节假日的排班作息表,见她僵尸一样挺在那里,面色苍白,眼光涣散。林欣向来不喜欢背后嚼舌根,更讨厌别人探听她的隐私,她在同事心中一直是个谜。

大城市很多的按摩会所,里面都设了密室,他其实早就听说过,只是觉得自己的身份,不能轻易踏足这种危险区域。但这个跟女友长相实在难辨的林欣,已然成为他的梦魇。幽灵般日复一日地出现在他眼前。梦境并无固定的场景,林欣跟她,并排躺在他身旁,面孔交叠,声音娇嗲,爱入高潮时都喜欢翘起兰花指。他惊醒时三星在天,浑身大汗,手脚却冰凉。这座城市的春天,总像做梦一般短暂。

他回想起一些遥远的镜头。多年前的一个午后，心烦意乱的他，丢下手头的文件，出去走走。没开车。他只想在周边转转，不知怎么就走到了按摩会所附近。街心花园没有外墙，公园里有专门为游人提供的各种健身器材，歇脚的木质长条椅，已多处掉漆，边沿给磨得发亮，露出原木本色。周围绿树成荫。行道旁多栽种杨树跟柳树，每年六月前后，街头巷尾，杨柳飘絮，于城市上空漫天飞舞，地上白皑皑像下了一场雪。景致虽美，却令人烦恼。城市环境被破坏，也影响到人们的生活，后来就改种银杏树了。正午的骄阳，正透过密密匝匝的浓密树影挤进来，地上斑驳一片。

他不记得自己是怎么跟着林欣进了按摩会所的门的。不像走，倒更像是飘进去的。那天，林欣非常主动地与他搭讪，似乎对他此行的目的，了然于心，成竹在胸。她远远地看见他，叫一声"先生"，说："单位忙吧？今儿来得有点晚。"他含糊地漫应一声，只觉脑回路赶不上嘴巴，忽然就挤出一句话来，他说："你们这里也有密室？"

林欣盯住他的脸忖了两秒钟，莞尔一笑说，又不是头一次来。

进了会所的门，林欣径直朝前，他紧随其后，两个人一直走到尽头的包房才停下来。林欣侧过身来他让进去，显得落落大方。

靠墙摆着张单人床，比一般的单人床稍窄，林欣拉他坐下，他顺势倒下的瞬间，她已经跨到他腿上。他听见她在耳边轻声地说："你要愿意，可以不用带套……"

接下去的几天，他鬼使神差一般日日前来。每回从按摩会所出来，紧接着就去药店买不同种类的止痒药、止疼药跟消炎药。他甚至开始注意起街头水泥电线杆上的各种无良小广告。那段时间，他辗转穿梭于各个隐蔽的私人诊所，仿佛中了邪，总觉得自己染上了病。

他下班回家，一进门就往卫生间跑，老婆听见喷头花洒的水一直在哗哗哗，纳罕道，从没看见过你这么爱干净。

那天洗澡时，浴室的门没关严，隐约听见电视里播报新闻："本市刚刚严打了一批无良游医……"一个穿白大褂的男子，蔫头耷脑，他身后的墙上悬挂着"祖传四代华佗"大红锦旗，着实把他吓得够呛。这家诊所他今天一早才刚去过，还开了一堆中草药，为避免惹祸上身，每回去都付全款，待等中药熬好后再来取。镜头中，那庸医说："今天接诊，那人只是轻度湿疹，我跟他说是重度尖锐湿疣，必须喝草药除根，一服药八百……"

他莫名长舒了一口气，身体顿觉一轻，觉得那里也没那么痒了。然而就在此时，他忽然想到她工作的医院。三甲医院治疗皮肤湿疹，自然不在话下，但又担心给她看见了不好，转念又一想，药剂师怎么会出现在诊疗室呢？这样想着，他就去了，有点迫不及待。常规检查几十项，一项一项都做完，一周后来拿化验单。然而就在他提起裤子的最后几秒钟，她却不合时宜地出现了，二人面面相觑，瞠目而视。他的手还停留在没来得及拉起的裤子拉链上。她跟坐班的医生耳语了一句什么话，掉转身走了。

他看着她远去，寂静中听见她的高跟鞋嘚嘚有声，十分有节奏。仿佛马路上汽车穿梭，行人来来去去，发动机启动或熄火。

也就是在当晚，他回到家里，思前想后，决定跟她做一个了断……

暮色四合时分，林欣又站在咖啡馆斜对面，抬头仰望。

他的办公室是在哪一层？当然是亮着光的，有落地窗的那一层。只要想到他，她就觉得一切都变得如此美好。寂静的黑暗中，大楼左右两边有狮身人面像雕塑，此刻它们怒目而视，眼神狰狞。

谁家的窗子大敞开，有人在弹琴，半明半暗之中，她想起自己三个月后即将满二十八周岁了。而七年前的生日那天，她与他邂逅，她并没有告诉他那天是她生日。她也没有过生日的习惯。她总觉得过生日，需要有合适的场所和氛围，除了三五知己、亲朋好友，还要有值得奔赴的远大前程，在这条道路上稍事休整，而后再出发，朝既定的目标继续努力，这才叫"过生日"。而她的生活，永远是以某种不规律的，不能以个人意愿所操控的，跳跃或者停滞的状态。岁月无声流逝，她却每次都只能从头再来，一切归零。她飞快地数着一个又一个的生日……恍惚间觉得，自己已经活了好几辈子。

那年那天，那时那刻，历历在目。她站在他公司楼下不远处，准备到对面去。抬头的瞬间，看见身穿黑色皮夹克的长发男子，她盯着他看，踌躇着走还是不走。那男子瘦削的脸棱角分明，目光深沉，牛仔裤过于紧身，身材一览无遗。他站在那里等红灯，近在咫尺，令她心慌意乱。而他显然也注意到了她，稍感意外，随即微笑。

接下来发生的一切，自然而然。将近凌晨三点时，她猛地惊醒，跳下床溜进卫生间，洗漱完毕后迅速地画好淡妆，只用片刻便穿戴完毕，然后悄没声息地离开他租的屋子——这是她多年住校产生的一种本能反应，一种经年累月形成的习惯。她坚决不待在并不确定是否可以让她长久待下去的某一个房间，或者某个地点。她永远只能是过客。她永远站在窗外窥探，需要时刻提高警惕。而他在不经意间发现,每次欢愉前,她都会把自己的衣服提前叠好,搁在床头,以便一旦感觉不适,就能立刻逃之夭夭。

时光太瘦,指缝很宽,二十多年过去竟浑然无觉。现在当他再站在这里,看见一个女人推着婴儿车在他前头,步伐不紧不慢,而那女人的背影,跟当年的她几乎一模一样。他不禁心跳加快。

他从不知道,这座城市里有这么个公园,此地早已不再是他少年时代起熟悉的城市,但作为出生地,他一心想要去探索、踏寻每一条街道,祈祷岁月能重返。

前头的这个女子,吸引住了他。他决定尾随,注意保持一定的距离,以免被她发现。他忽然发现,她的婴儿车里并没有婴儿,两只肥硕的鸡端坐在那里。他认出一只芦花鸡,体型椭圆而肥大,单冠,羽毛黑白相间,斑纹的白色明显宽于黑色。另一只应该是黑元宝,通体羽毛漆黑,油光锃亮,黑中藏金,大丛冠,艳丽夺目,尾羽微微内翘,酷似一只锃黑发亮的大元宝。

女人不时地俯身弯腰,跟那两只鸡窃窃密语,面带微笑,这笑容如此熟悉,让他回想起许多年前,那个按摩会所里叫林欣的女子。

他穿过公园,眼睛紧盯着女人看,忖度再三,几乎认定她就是她。他想起布拉德·皮特主演的电影《返老还童》,主人公本杰明·巴顿一出生便如耄耋老人,之后越活越年轻,最后竟以婴儿的形态离开人世。他曾在一本什么书上看到过,说许多人,在不同的时期遇到不一样的人,大家疲于奔忙,生活中并没有太多交集,时隔多年再次邂逅,却再也认不出彼此,如同并行的火车,每个人只能在属于自己唯一的时间轨道上飞驰。他们之间,本来不可能有关联,亲密则更无可能,只是在某一个特定的时间跟特殊的境遇之下,会冷不丁想起有过这样一个人。

此刻,他望着那女子,自言自语道,追上去又如何?即便真的是她,她也未必认得出我来。

时隔多年,他再次走上这个街区的这条马路,那家按摩养身会所,他原本以为自己早忘了,或者说,它仍在他的潜意识里"冬眠"。却一心期盼有朝一日,能与她走在同一条时光隧道中,还奢望她跟他的一切,会在崭新的梦中重头来过。

他记得,她住在遥远的郊外,此刻却为何会出现在这里?在此地买或者租房住?他在手机微信里打下"林欣"二字。这个名字穿过遥远的过去忽然再现,仿佛一颗逾二十年才滑落的流星,此刻就这么毫无征兆地落在面前,令他觉得恍若隔世。

忖度间,推婴儿车的女人没了踪影。他前后左右张看,斜对过的十字路口的一家房屋中介,开业大吉,瓦斯灯在地上投下青白色的光影,暮色苍然,人影幢幢,高阶之下铺着一片大红色的毡毯,已经满是乌墨的鞋印。宾客散立两旁,徘徊瞻眺,指点笑语,让他一瞬间仿佛回到首次踏入的那家按摩会所。耳畔传来一声:"先生,里面请。"

秋木凄然,繁花早已萎谢。才刚落过一场雨,萧瑟清冷的马路两旁,行道树徒留光秃枝丫。远远的天边现出一轮淡青色的月亮,从朦胧的云光里沉默地注视着他。

他定一定神,努力让自己静下心来。对面房屋中介的橱窗里,一排长桌后面坐着一个人。正是她,那个推婴儿车的女人。他未及多想,三步两脚奔过去,推门而入。

"先生您好,要租房还是买房?"

他定住不动,怔怔呆看。面对近在眼前的她,万语千言,却无从说起。

女子起身,迎过来道:"先生请坐,坐下慢慢谈,"说罢递过来一叠资料,图片上面是各种房屋的售价以及租价,"看看有没有中意的,价钱可以谈。坐坐。"

"我想租个地段稍好点的,"他回过身指一指窗外,"最好就这个小区。"

女子笑了，说她本人恰好就负责此小区的房屋租售。

"这地方变化不算太大，"他说，"十多年前的新华书店还在。"其实是绞尽脑汁地没话找话。

该如何尽快言归正传？他的脑子飞快转动，但又觉得此举实在是有点唐突，甚至滑稽可笑。刚才进来时，他特地留恋过，没看见那辆婴儿车。

女子拿出一张表格请他填写，材料夹里厚厚一沓，她说："今天没看中也没关系，我尽快给您找，包满意。"

"你长得很像我的……一位旧识，"他低头填写，竭力保持声音平稳。

"是吗？也干中介？"

"很多年以前的事了，她那时是个药剂师。"他抬眼看着她，"原来这小区附近有一家按摩养身会所，还在不在？"

女子一怔，定眼看他，随即将正在整理的材料归拢起来，说："留一个电话？座机手机都可以，便于联系。"立起身来往外走，"隔壁有家星巴克，我们去坐一坐，慢慢聊。"

天已经暗下来了，空气中有一丝星光。他们在咖啡馆找个角落的露天位置坐定，沐浴在霓虹灯制造的旖旎霞光中。她身后就是他白天去过的那个公园。此刻公园门口围聚了一群人，远远地听见有人说："黑桃吊主！"

她招呼服务生过来。

他喃喃自语:"也许她正过着另外一种生活,把鸡当宠物……"

她问他喝什么,他说随意,她于是点了一杯黑咖啡,一杯雪梨汁。她说:"一般人晚上不敢喝咖啡,怕睡不着,我没事,没心没肺的人就这点好,该睡睡,该吃吃。"又说,"你并不是真的要租房,你是在找人?"

他笑笑,忖度道,我刚从外地回来,想租一个环境稍好点的房子,价钱不是事。

她立刻来了精神:"多大面积?户型有要求没?你刚才说我长得很像你以前的一个朋友?"

他低下头思索着,斟词酌句道:"街头的那家按摩养身会所,没了?"

"你常去那地方?"

"怎么说呢,我在那里认识一个技师,叫林欣,她跟我以前的女朋友特别像,我女友是药剂师。我始终怀疑他们俩原本就是一个人,可又不能确定。"

她的脸上有一丝惶惑,欲言又止似的。

他叨咕一声:"她算起来今年该有五十好几,我也是老头了,都老了……"

眼前这个年轻的女子穿着工作服,他此刻才看清楚她胸卡上的名字写的是"林小欣",一时寂然了。

林小欣喝一口咖啡,翘起的兰花指再次把他带入记忆中那个幽灵一般的女人身上。而她留在他记忆深处的信息,这么多年过去,虽乏善可陈,却异常清晰。

林小欣低着头凝神细思,仿佛时刻准备将谜底揭开。

他身后是一家超市,两边橱窗中嵌玻璃门,夜色中一片晶澈。隐隐的听见市声,有人在叫卖槐花饼。而他当然知道眼下并不是槐花开的季节,人仿佛已经入梦,心一揪一揪,总觉得马上要出事,但立刻又劝慰自己,不过是个梦。

此时林小欣忽然开口道:"请问你是怎么想起找这个女人的?就是叫林欣的,毕竟过去那么久了。"

他骤然间恍悟,正在迫近的未来,以及那些一直以为已经逝去的故梦,同样可怖,却如影随形,它们的怪异之处就在于,过去跟未来,哪样都不属于他……

他略加思索说:"今天白天我在公园,"指一指身后,"我看见一个女人,背影跟侧影,看上去跟当年那个叫林欣的特像,当时她推着婴儿车,车里蹲着两只鸡。"

"是我妈。"林小欣脱口而出。

他没想到她这么直接,一时语塞,把一只手摊平在桌上,五指张开,拿搅咖啡的小勺在五指间一下一下地戳着,忖度道:"所以你跟你妈姓?"

林小欣笑笑,若无其事道:"我倒是想跟我爸姓呢,可自打生下来就没见过有这么一个人,我小时老问我妈这事,一问就挨揍,"她指一指脑袋,"她自杀未遂后精神上出了问题,现在问什么都白搭。"

他忽然有种惆然若失的感觉。依稀想起最后一次见女友,他追问她究竟是药剂师,还是按摩技师。女友从不正面回答,似乎故意吊他的胃口似的。此刻他忽然释然了。是与不是早已不再重要。他只记得最后一次做爱,一直心神不宁,腿间那东西时软时硬,因为家里人不断打电话来催他回家。那一天,恰好是新年。当时他把女友压在身下,说:"你过生日时我一定来,等我。"然后匆匆出门,走出去又回转身来,看见女友站在阳台看他。阳台的三面围栏都挂着充满节日氛围的 LED 彩灯,从他的角度看去,这串彩灯像围在她脖子上的硕大项圈。那五彩的灯光,这么多年来一直在他的梦里忽闪忽闪。

这一刻,他心不在焉,胡思乱想,听邻桌的客人有说有笑。天更加暗下来,他恍惚看见这个叫林小欣的领进来一个人。那女人的头发发型变了,齐腰长发剪成了齐耳短发,原来墨黑的头发如今全白了,她的右耳朵边别着发卡,鲜焕的大红色,在灯光下看去仿佛镶了金边。他想起来,那是他送她的礼物。然后看见那女人坐下来,不停地转身,扭来扭去像在找东西,林小欣从包里掏出一个笔记本递给她,她才安静下来。而就在这时,他看见进门时她推着的那辆婴儿车是空的。那两只鸡呢?

他无法将目光从女人的脸上移开,又不敢目不转睛盯看,怕被她发现。然而显然是他多虑了。林小欣笑嘻嘻望向窗外,像在等什么人,偶尔侧过身来看一眼在本子上涂抹画画的母亲。林小欣的说话声十分清楚,他听见她说:"你好好在医院待着呀,我有空就去看你,再瞎跑我真不管你了。"

一步之遥,他只要跨前一步,就可以真相大白。但他寸步难行。

回想几年前,他也曾故地重游。特意去到彼时和林欣租住的那间小屋。小区周围的一切,早已物非人非。政府出台新的规划政策,街道整齐划一,马路两旁的几十家小店,一夜之间给拆得精光。进小区时,看门老头问他找谁,随即叹息道:"小区里的住户已经搬得差不多喽,这里很快会夷为平地,建高楼大厦。"他忖度再三,说出"林欣"这一名字。老头挠挠脑袋,摘下老花眼镜看着他,说,不记得有这么一个业主啊,随后像是想起什么来似的,又说,我年轻时就在这小区做保安,一干几十年,这栋楼以前发生过命案。他怔怔呆听,老头说,有人将整个单元楼租下来,暗地里招聘按摩小姐,给公安一锅端……

多年过去,他早已结婚生子,而他对药剂师前女友,抑或是那个叫作林欣的按摩技师仍然一无所知。只是在梦境中,她留给他的记忆片段,却依然清晰且准确。他跟她偶尔在梦中相遇,身体交合亦十分自然。这么多年来,他在梦境中经历的岁月要远远超出他实际走过的岁月。然而此刻他问自己,即使重新来过,他们再次相遇、相识,是否会有未来,可否预知一切?一切皆枉然。他们如同漫漫长夜中的两列高速行驶的列车,只能并行,永无交合的可能。

就在他纠缠萦绕于遥远的旧事之时,眼前的短发女人,整个人扑在桌面上,脸俯向笔记本。他终于下定决心,鼓起勇气走过去,假装从她身旁经过。然而只那么一瞥,他便立刻知道,这就是当年的林欣,跟前女友如同一个模子刻出来的女人。而她在那笔记本上反复画的人,是他。或立或坐或躺,睁眼或闭眼,侧脸或正面,她给画上的人配上不一样的背景。但他一时难以分辨,画上究竟是什么季节。他借助于几个记忆清晰的镜头,尽管寥寥,但仍能看出,是这座重工业城市冬日初春的午后。画里槐花开了，桃花红、杏花白，梨花细细碎碎。也可能是春末夏初？枣树枝繁叶茂，零星挂果，还有初秋时才能看见的瓜果蔬菜，她画中的季节交糅混杂，他在她的笔下永远年轻，时间停滞了。

而就在这时，有一辆面包车从马路对面呼啸而来，在咖啡厅门前戛然停下，他看见车身上蓝色的一行字写着"南十方精神病康复医院"，未及他反应过来，车门拉开，从车上跳下来几个穿白大褂的男子。

咖啡厅的门轰然被推开，那些人轻车熟路，径自走至仍在画画的女人桌前，跟林小欣说："这都跑第几回了？家属要积极配合医院呀。"又俯身弯腰看短发女人画的画，说"带你去个好地方，走走走。"

短发女人不起来，不肯走，她拼命挣扎，连踢带踹，张嘴就咬，白大褂掏出铐子铐上，她这才老实了。

他听不清林小欣说什么，跟在短发女人身后往外走，走出去后又折返，把那辆婴儿车一起装进面包车。

他沉默不语，侧转身让开过道，看着装有铁栏杆的车窗里的短发女人，此刻她不住地哭喊："他一定会来呀，今天我生日，我不走，他让我在这里等着呀……"

过水面

郑淑娟突然就想回家。昨晚翻来覆去了一宿，满脑子净想着回家回家回家。挨至天亮，便一分钟也坐不住了。

敬老院的大门边上有棵大槐树，季节一到，在屋子里就能闻到槐花香，一阵接一阵，这香气让郑淑娟想起很久以前的事。那时几个孩子尚且年幼，大儿子刚上学，小儿子跟小女儿才刚蹒跚学步。"那时的日子可真穷呵。"郑淑娟喃喃自语，想起每年的五月，匆匆吃过午饭，利用午休时间，跑到学校的后山上打槐花，跟白面、棒子面掺和起来蒸拨烂子。去时背一个装面粉的白布口袋，打满就折返，恰好赶得上下午上班。

没人注意到郑淑娟从大门出去。

十字路口有个清洁工，正在清理夜里被狂风刮落满地的树叶，放在以前，这是郑淑娟再熟悉不过的景致。但在此刻，却陌生得像上辈子的事，她惘惘地想。

马路牙子上停了辆卖西瓜的大卡车,车后槽打开,露出满车的西瓜。太古青皮黑纹瓜。卡车后头是个菜场,门口站满了卖菜的小贩,见有人来,吆喝一声:"杀割喽,给钱就卖!"

郑淑娟正要过马路,身后传来一声:"瓜,好瓜唻!"她忖量一下,走过去。

"沙瓤还是肉瓤,保熟?"

"不沙不甜不要钱!"

一只切开的瓜搁在瓜堆上,黑子红瓤,皮很薄,看起来十分新鲜。

郑淑娟精挑细选了一个瓜,个顶个的大。

郑淑娟抱起西瓜,小心地躲避来往车辆,走进菜场去了。没多大功夫,出来时手里多了几个塑料袋。四五根黄瓜,都顶花带刺。菜贩刚采摘的新鲜黄花菜,当地人叫金针菜,性味甘凉,消暑去燥,浅浅的金黄色,条身紧长,拿来做过水面的菜码,再好不过。尽管一斤要卖十七八块,郑淑娟还是狠狠心称了半斤。想买几根芫荽调味,人家嫌少,不卖,只好买了整把。边上的摊位堆着圆茄子,紫皮锃亮,阳光下望去,跟大马金刀似的。挑了两个,兀自叨咕一声:"烧茄子多搁蒜,这一把芫荽,也就剩不下多少了。"她的手臂上挽着一根大蒜瓣子,刚上市的独头紫皮蒜。郑淑娟记得,大儿子吃过水面,就喜欢就几瓣儿生蒜。

接着绕到卖粮油调味料的小摊,买老黄酱、豆瓣酱跟甜面酱。付钱时老板从墙上扯下一只最大号的塑料袋递过来,叫了声大娘,说:"买这么些菜,能拎得动?"找零时又扯下几个塑料袋,帮郑淑娟把东西分门别类装好,笑道:"买太多吃不完,连吃带扔,不划算。"

郑淑娟笑一笑离开。

郑淑娟心想:"拎不动?还嫌买少了呢。"她笑吟吟的,皱纹在阳光下舒展开来。东西实在是沉,越走越沉。郑淑娟不时地要倒一倒手,走几步,停下歇一会儿,但她心里十分松快。已经好长时间没买过菜了,还一下买这么多。

一眨眼,郑淑娟已经住进敬老院七年了。每逢年节,或者她过生日,两个儿子,一个闺女,会轮换接她去住个三五日。郑淑娟去年生日没能回成家,本来轮到小儿子来接,结果单位临时派他去出差。

从年初开始,郑淑娟就一门心思想回家。金窝银窝,不如自己的狗窝。虽说家还是那个家,但自打郑淑娟住进敬老院,小儿子一家便搬进来,于是对她来说,那家似乎已经不再是自己的家了。有什么不一样,又说不上个子丑寅卯。

从敬老院出来,买完菜走过两条街,到了最近的一个公交车站。连倒了三趟车,到了自家小区。进小区时没见到门口保安,进楼门也没遇见熟人。郑淑娟觉得,趁上班时间回家,真是明智。

天实在太热了,进到家来,郑淑娟把塑料袋搁地上,一屁股坐换鞋凳上,好一阵喘。汗水已经把内衣浸得透湿。她坐在鞋凳上望着眼前这个家,左瞅右看,觉得那么熟悉,又那么陌生。

客厅墙的颜色变为淡蓝色,以前就刷大白。电视机上方以前挂着她跟老伴的合影,如今换成小儿子一家三口。天花板的顶灯也换了,吸顶灯变成水晶灯,烁烁金光,直晃眼。一低头,发现以前的水泥地已经变成木地板。郑淑娟想起有次小孙子在电话里跟她说起过,一块地板一百多? 定一定神,弯腰俯身,把自己的鞋往门口摆了摆,想一想,打开门搁在门外。她的目光停在自己脚上。鞋子长期挤压,导致右脚的二拇指跟中趾叠落起来,严重踇外翻畸形,一走路就疼,穿再好的鞋都走样。

郑淑娟把袜子脱掉,摩挲揉捏,想起昔日古事。上中学时,正赶上汾河修水库大坝,净想着好好表现,争取早日入团,抢着干重活,跟男同学一样挖土扛沙,晚上就睡在铺了稻草的泥泞工地上。她的肾盂肾炎和风湿性老寒腿,就是那时落下的病根。

郑淑娟叹了口气把眼睛闭上,慢慢坐起来,说:"以前走这点路算啥?"仔细想来,自打住进敬老院,已经很久没这么走路了。平时大门铁将军站岗,门卫白班倒夜班,不允许私自出入。

郑淑娟问自己:"去哪?你要到哪儿?"歇了一歇,感觉缓过来了,只是小肚子憋胀得难受。她已经好几天没大便,不借助开塞露,根本拉不出来。有次无意中听见大夫跟一位家属交代,说这是阿尔兹海默症引起的症状。确切来讲,属于脏器功能生理性衰退,直肠肌与腹肌已发生萎缩,可能引发其他症状,严重者还会伴有焦虑性抑郁。但这种事,实在难以启齿,郑淑娟几次想给儿子闺女打电话,但一直忍到现在。

人上了年纪,容易瞌睡。郑淑娟不敢多坐,她扶着墙慢慢站起来,拎着那些塑料袋去厨房,但进去后立刻退出来。她想起阳台上有个专门用来放蔬菜水果的纸箱。那箱子还在。里面塞满废报纸跟旧杂志,落了一层灰。阳光下那些呛鼻的灰尘连成一线。窗外远远地有人吆喝:"磨剪子唻,戗菜刀——"慢慢悠悠走过来。

郑淑娟想了一想,打算找什么东西把纸箱子蒙上。突然间瞥见箱子里什么东西金光闪闪,随手一翻,就看见一沓叠金银元宝用的那种锡箔纸,还有各种面额的纸币,她顿时怔住,踌躇一下,想起老伴儿的生忌快要到了,小声地念叨:"下面最值钱的就是金元宝、银锭,纸币都是零钱,大面额纸币等于废纸,根本不值钱,也花不出去。"她把那些锡箔纸跟纸币拿出来装进一个塑料袋,打算带回敬老院,生忌日那天烧一烧,"穷家富路,出门在外,钱多好呀老头子,别舍不得花,花不完的钱,都拿来给子女们铺路呀……"

忙活一阵,郑淑娟手撑住膝盖,慢慢坐到凳子上,开始从塑料袋里往外掏菜。坐下方才看见,桌子底下摆着两个相框,巴掌大小,并立在角落里,满面灰尘,相框一旁扔着几个山药蛋。她掉转身来看看,找来晾衣竿,探进去,把那相框跟山药蛋勾出来。山药蛋皱巴巴的,已经发芽。用指甲把芽子仔细抠掉,咕哝一声:"老头子,他们怎么把你跟大小子的相片扔这儿了?"

就在这时,郑淑娟听见门外有人叫了一声:"妈,妈"她探过身去看。屋子里静悄悄的,扫一眼对面墙上的挂钟,现在是上午九点三刻,把塑料袋里的菜蔬一一拿出来。抬头又看见窗台上摆着的花盆边上有个牛皮纸袋,用晾衣竿勾过来。里面是没用完的金元宝跟银锭,还有一捆涂过金粉的檀香。

这二年,郑淑娟的手脚越来越不利索,常常拿东忘西,眼神也不济,一会儿就眼花,看东西总像是隔着一层纱。她停下手里正在剥的蒜,探着脑袋侧过身往对面的墙上看。"这挂钟是自己买的还是别人送的?"她死活想不起来。剥了两瓣蒜,笑了,咕哝一声:"送钟,送终。应该是自己买的。"剥完蒜刚要站起来,看见地上捡剩下的芹菜跟芫荽,坐下来仔细翻捡。她已经忘了自己刚刚已经择好了,啧道:"看看,看看,看看这,好好的菜,扔扔扔,败家子呵。"

郑淑娟昨晚彻夜未眠。天一下就热了,说什么也得赶回家来给小孙子做一顿过水面。多做一点。过水面就算放着也不怕坨。实在不行,煮熟以后多过几遍凉水。郑淑娟择菜时,家里那只狸花猫一直静静蹲在脚边看着她。不动也不叫。郑淑娟腾出空来,伸手摸摸它的脑袋,叫一声:"咪咪。"猫朝边上躲开,又近前来用头蹭她的裤腿,蹭来蹭去,突然往地上一躺,四脚朝天。

郑淑娟不禁眼眶泛红,说:"在敬老院住了这么长时间,咋就没想起你来?"猫咪翻个身站起来,一屁股坐定,定眼看她。郑淑娟想了想,说:"来家几年?时间不短喽。"猫咪的眼睛瞪得圆丢丢的,默无一言,听见郑淑娟说:"今儿咱吃过水面。"又说,"你去敬老院住吧?去不去?"猫咪打个哈欠,郑淑娟叹起气来:"那地方难得有个年轻人,小孩就更看不见。"猫咪过来蹭蹭她的裤腿。郑淑娟叹起来:"坐吃等死,人没鲜活气。但树可不少,槐树这么粗,"她伸手在空中比画一下,"花特多。桃花红,杏花白。丁香刚开,紫丁香,白丁香。紫丁香要比白丁香好看,香味却没白丁香浓。推开窗,碎叨叨的一树的花,香死个人哩。"她摸一摸猫的脑袋,继续说,"鸟也多。每天早上听见布谷叫。布谷布谷。你去不呀?"猫咪呼噜呼噜开始念经,蹭了她的裤腿又蹭鞋。

郑淑娟拍了拍手,说:"时候不早了,得抓紧时间和面,和好醒着。"

进厨房找出瓷盆,舀了四碗面粉,想着回家一趟不容易,就又加了两碗。接着从冰箱里拿出三颗鸡蛋,再拿一颗,通通打进面粉里,这样和的面吃起来有嚼头。

郑淑娟有两儿一女。大儿子叫国泰。小儿子叫国强。孙子叫凡凡。凡凡一接到西安交大寄来的录取通知书,国强立刻跟老婆喜梅商量,一家三口必须要好好庆祝一番。十几天前就预定好了,今天要在城南新开的"唐都生态园"吃午饭。

凡凡去年高考落榜,补习了一年,今年考上西安交大,比录取分数线高出三十多分。一家子高兴坏了,凡凡妈逢人就说:"这可是全国一类重点。出来找工作,随便咱挑拣。"

国强本打算请亲朋好友到饭店同喜同乐,但喜梅说,请亲戚那顿饭不急,等凡凡去学校报到前再说。国强立刻表示同意,说:"金榜题名,恰好今天又是凡凡生日,双喜临门,咱自家人先撮一顿。咱不差钱。"

国强跟朋友合伙开了一家4S店,专门做汽车配件生意,常跟客户来这家饭店,吃饭能签单,跟饭店经理称兄道弟,除去酒水跟海鲜,还能打个八五折。

国强定的是二楼的小包房,临窗靠街。一家三口今天绝早起来,没吃早饭便出门了。凡凡说:"好不容易宰我爸一顿,得腾出肚子。"喜梅也只喝了半杯牛奶。结果来得太早,到"唐都生态园"时才刚过十点钟,人家还没开门。

国强埋怨说来太早了,不如睡醒了再来。喜梅说赶早不赶晚,咱儿子考上全国一类重点大学,这是多么了不起的事。

饭店斜对过是一家美特好超市。喜梅说:"去超市转转,个把小时一眨眼就过去了。这么大的超市,我还没进去过呢。"幸福像潮水般一波一波袭来,冲击着国强一家人。凡凡平时最讨厌逛街,尤其逛超市,今天也毫无怨言。喜梅又说:"超市中午人少,吃完饭,正好再进去转转。看给儿子买点啥,有备无患。"

国强笑着说:"你们女人就是喜欢瞎逛,转悠半天,什么也不买,干转也要转,瞎耽误时间。"

要搁在以往,喜梅听见这话指定一蹦三尺高,今天却一点也不生气,她说:"这回不瞎逛。需要买的东西多着呢。"国强说买也是瞎买。喜梅说:"隔壁六婶刚给闺女买了一个羽绒被,上回叫我看,摸起来宣腾腾的。"

国强说:"西安交大那么有名的大学,宿舍里还能没集中供暖?"

凡凡在一边也说:"现在谁还自己带被褥?学校统一购买。"

喜梅迟疑了几秒,说:"毛巾浴巾,牙膏牙刷,内衣内裤这些,学校给发?"

凡凡哎呀道:"西安比咱这儿可一点不差,什么东西买不到?"拉了他妈就走,又道:"我这是去上大学,又不是去做苦力。"

喜梅说:"裤衩背心、袜子、鞋,学校不发吧?你不用洗,洗也洗不干净,多买点,脏了堆一起,等妈去看你时给你清洗。"国强跟在后面抽烟,不再说话。凡凡说:"妈,你要是非想花钱,那就给我买个苹果笔记本。"

国强把烟头掐灭踩在脚底,拧了几下,跟上来说:"笔记本?"看了看喜梅,"才进学校,是不是太……"话未落音,给凡凡打断:"不就是个笔记本,什么稀罕东西,我同学早都有了。不买拉倒。"喜梅踌躇了一下,说:"笔记本就先别买了,开学看情况,需要的话再买也不迟。"凡凡哼一声,胳膊甩开,恨声道:"要是我大爷还活着,肯定给我买。别说是笔记本,就算我要最新款iphone 12,我大爷也绝没二话。"

国强看看喜梅,一时无话。三个人默默走了一段,国强说:"你大爷走了快两年了。哎,时间真是快啊。"

喜梅拿胳膊肘杵了国强一下,说:"大喜的日子,说这些干什么。我现在一听见摩托车声就后脊梁发冷,这东西比汽车还不长眼。"

国强说:"对对对,干吗说这呢,今儿个高兴。"扭头见凡凡蔫眉耷眼,走过去摸摸儿子的脑袋,叫一声"凡凡",说:"别不高兴,咱家不比别人家,再说也没说不给你买。先去饭店吃饭,吃完饭进美特好慢慢逛,顺便给咪咪也买点好吃的,让咱家猫也沾点喜气。"

美特好超市在这座城市的最南边,此刻正值饭点,超市门前人不是很多,太阳灰沌沌的,像荒草里生出烟来,是重工业城市里重雾厚霾的大晴天。

天一热,郑淑娟想回家的念头,细滋慢长。敬老院上礼拜吃过水面后,她就开始惦记小孙子的生日。敬老院每到新年,给每个房间都发一本挂历。一拿到挂历,郑淑娟就在上面先把儿子跟孙子的生日,一个一个找出来,用红色记号笔圈起来,每天翻看。

这大热的天过生日,不吃过水面能行?一想到要让小孙子吃上奶奶亲手做的过水面,郑淑娟就激动就兴奋。接连几天,晚上睡不好,白天犯困,但一想到过水面,人立刻就来精神。

最后一次在家做饭是什么时候？她记不清了。此刻郑淑娟浑身是劲，腿脚也不觉得疼了。拍蒜剁姜，绞肉切菜。黄豆芽掐头去尾，黄瓜切丝，做过水面的菜码要切得越细越好。开始调麻酱。用筷子不停地搅，不时地点几滴香醋进去，这样的麻酱调好后才不会分层。接着做炸酱。做过水面有点像做老北京炸酱面。郑淑娟想起大儿子国泰最爱吃自己做的炸酱了。那时老伴儿还在，父子俩一天到晚要吃面，一日三顿都吃不厌。想到老伴儿，郑淑娟的眼睛里起了雾。最后一次做炸酱是什么时候？想不起来了，遥远得仿佛隔了一个世纪。猪肉要剁得烂碎，姜末多搁，葱得是老葱，小香葱可不行。通通切成细丝。肉酱炸好，临出锅时才想起应该舀一勺香油，但橱柜里怎么也找不到，又打开碗柜找，没留心把一个淡蓝色的玻璃碗带到地上，咣叽一声，碎了。

对面人家的窗子开着，一曲唢呐高昂激烈，忒楞楞疾风骤雨似的，重复再重复，天气愈发燥热起来，唢呐声那么仓皇，又那么从容，听得不相干的人跟着紧张起来。

郑淑娟明明记得，以前自己把调味料都搁在最上头的橱柜里，但眼下通通都找不到了。她的手脚明显比从前笨了慢了，自己却浑然无觉，最后终于在碗柜的最里面找到了香油。炸酱差点糊了锅。赶紧关火。把炸酱分几次盛入一只海碗，倒上一股香油后,才松了一口气,小声念叨:"香油把酱盖住,不跑味。"

把碎玻璃碴打扫干净,呆立原地,郑淑娟一时忘记了接下来要干什么。她在厨房转来转去,猫也跟着她转,看见面盆,恍然笑了,说:"擀面。"

郑淑娟想着把一切都弄好,等小儿子一家回来,进门就能吃现成的。她把面团放在案板上使劲儿揉,连揉带团,每擀一趟,撒一把干面粉,把面皮掉个儿继续擀。这么来来回回几趟,面终于擀好、切好。本打算把面条煮熟以后多过几遍水放着,想了想,觉得还是现吃现煮更好,于是把切好的面条摊开来放在竹笸子上,再撒上一层棒子面,防止其粘连。

放炸酱的碗用保鲜膜仔细地封了口,重新放进蒸锅里温着。郑淑娟走出来看看墙上的挂钟,说:"他们下班回来就吃。"拿过剩下的黄瓜来切,切两下停住,又继续切,边切边叨咕:"先切吧。小儿媳妇嘴刁,现吃现拌。"

切黄瓜丝时,郑淑娟想起自己年轻的时候。那时孩子都还小,大儿子才上小学,每天回家一进门,书包来不及放就喊:"妈,妈,吃过水面!"郑淑娟手中的刀,渐渐地慢下来,最后停滞住。"国泰可有阵子没去看我了。上次电话里是怎么说的?"她死活想不起来,叹息道,"老大是从什么时候就不再催撵着让妈给做过水面吃了?"摇摇头,又道,"现在压根儿连见一面都难,还过水面?"眼前模糊一片,手中的刀又快起来,越来越快。黄瓜切完才发现,黄瓜丝长短粗细一点不均匀。

那只猫从桌上跳下来,砰的一声,竖起尾巴,仰起脑袋看。郑淑娟说:"一辈子爆仗脾气,不起三(成不了大事)。"看着案板上的菜跟面,大脑一片空白。猫围着她娇嗲地喵喵叫。郑淑娟猛然间想起什么,走到客厅看那墙上的挂钟。已经十一点过五分了。她一下子有点慌起来,慌什么,又说不清。急急走进厨房打算把面切好,看见竹篦上摊开的面条,又拍自己的脑门,笑着说了句什么话。拎了拎桌上的两个暖水瓶,都是满的。转身时脚下一绊,这才想起那只青皮黑纹瓜。俯身弯腰把西瓜抱起来,抱进水池洗了,泡在菜盆里,跟猫咪说:"小孙子进门就能吃瓜。这大热的天。"

为了去逛美特好,国强交代服务员:"冷菜热菜一起上。要快。"菜果然上得很快。凉菜是凡凡点的,糖拌西红柿叫"烈焰冰山",小葱拌豆腐叫"明目张胆",荤菜是白切羊肉。喜梅本来想再点一个,国强说:"三个人三道菜,够了,再说多点一个也不吉利。"喜梅立刻表示同意,她说:"人三鬼四神仙五。"热菜也点了三道,自然都是拣凡凡最爱吃的点:山西过油肉、清蒸鳜鱼、炸鸡件,汤点了鸡汤炖口蘑。

三人以茶代酒举杯,凡凡刚夹了一筷子炸鸡件,国强的手机响了。喜梅说:"这电话可真会挑时候。"国强瞅一眼,说:"我姐,是玉红。"

凡凡听见姑姑的声音传出来,急火火地说:"在哪呢?糟了糟了。"国强说:"说清楚点。"玉红说:"敬老院来电话,咱妈不见了。一上午都没找到人。"

喜梅在边上小声地说:"多少次了?这一趟一趟的。"国强瞪她一眼,说:"啥时候发现人不见了的?"夹了一块鱼放进凡凡碗里,又说:"我们在外面吃饭呢,没在家。"

玉红不知说了句什么话,国强说:"妈会不会是跑你家去了?上次就嚷嚷着要去。"

凡凡往国强跟前坐一坐,听见姑姑急嘴快舌道:"我也在外边呢,没在家。"又道,"我现在在武汉出差,刚到。"周围好像不少人,乱糟糟的。玉红说:"这不年不节的,妈跑我家干吗?只有你姐夫在。"

国强喝了口汤,说:"我上礼拜去敬老院,咱妈去体检了,没见到人。我特意带了一兜忻州甜瓜,新下来的,可甜呢。妈不是说她小便发黄?"见凡凡不吃了,盯着自己看。国强说:"应该没什么事吧?这热烘晌午的,妈会不会是闲得无聊,绕到敬老院后边那个烂尾楼里歇凉去了?上回不就在那儿找到的。"

玉红不知跟谁交代着什么，听声音有点不耐烦。玉红说："真不让人省心。当初咱妈自己死活非要住敬老院，怎么说也不听，去了又闹这么一出。你看看这，这事闹得。"

国强忽然间没了胃口，放下筷子说："那行，姐你先忙，尽快往回赶吧。我先回家看看。"挂了电话，国强立刻往玉红家打电话。通是通了，但一直响到最后也没人接。凡凡说："我奶没去姑姑家。"

国强看看喜梅，指一指桌子，说："菜刚上来，要不吃完再回？"

喜梅蹙着眉头，说："别吃了，你给咱家打个电话，看看妈回去没。"

国强拿起手机打电话。凡凡说："妈，我奶上回可跟我说了，我要是考上大学，她答应奖励我五千块。"喜梅所答非所问："人老了真还不如个小孩，主意大得很，说也不听，净瞎跑，急死人了。"

凡凡说："我奶这是第几回了？破纪录了都。"

国强继续打电话，说："加上这次，七次还是八次？哎。"凡凡伸出手指比画，笑嘻嘻地说："我奶想家了呗。"喜梅立刻说："敬老院哪里不比家里好？那么多人，想跟谁拉呱就跟谁拉呱，打麻将还得等几圈。"

凡凡说:"我奶不会,牌都数不全。"

国强一连打了几次家里的座机电话,电话那头陈红在唱《常回家看看》,唱完一遍又一遍,没人接。正要挂断,就听电话里说:"谁啊?你找谁啊?"声音空洞而遥远,颤悠悠的,仿佛来自天边。

郑淑娟在这头举着电话,说:"谁啊?你找谁啊?"

凡凡显然已经听见了,喊了一声:"奶奶。"

国强嗔道:"妈,闹啥呢,干啥呢你,在家都半天不接电话?咋又跑我家去了,啥时候回去的?"

郑淑娟说:"谁呀?你找谁呀?"

国强冒起火来,斥道:"谁谁谁,能是谁?我!我是你儿子,我是国强。"

郑淑娟说:"国泰?你是大小子国泰?"声音哽咽。

国强看看喜梅,再看看儿子,声音放缓,说:"妈,我是国强,是你小儿子。跟你说多少遍了,我大哥在迪拜呢,单位派他去进修,四五年后才能回来。又忘了?"

郑淑娟哦一声,说:"国强,你哥说啥会儿接我?"

国强想了一下,说:"妈,我哥虽说是个大干部,但人在江湖身不由己,还没我这小百姓活得自在,他得听上级领导的安排不是?人家不叫他回,他敢?你别老给我哥找麻烦。"

郑淑娟在电话里急了,说:"这都几点了你们还没到家?面都坨了。"

国强听得一头雾水,郑淑娟在电话那头笑起来,说:"俺孙子考上大学喽,咋没人告诉我?"凡凡凑过去叫一声"奶奶",说:"奶,你可答应我的啊,五千块。"

郑淑娟在电话那头又说了句什么,国强说:"回回回,我们这就回。"

国强挥挥手,招呼服务员打包,结账。

喜梅定眼看着一桌子菜,咕哝一声:"呀,咱妈别是已经知道了吧?这好端端,怎么突然说起国泰来了?"

国强听了这话一怔,说:"大哥的事,咱妈怎么知道的?不能吧……"

喜梅把菜一个一个往打包盒里倒腾,自我安慰道:"不可能。妈要是知道大哥不在了,能笑得出来?"

凡凡说:"我奶是怎么知道我考上大学的?"

国强抬胳膊看看表,说:"现在往回赶,再快也得半个多小时。"

喜梅交代服务员:"再打包一个四喜丸子。要快。"掉转身来跟凡凡说,"奶奶爱吃。"

一家三口着急忙慌往外走,国强临出门时给姐夫李明打了个电话。国强说:"姐夫,玉红不在你反正是一个人,不如来家一块吃吧。妈也在。饭菜都是现成的。赶紧来啊。"

李明在电话那头嘻嘻笑道:"这不年不节的,妈又跑回来了?"国强漫应一声,他又道,"要说咱妈八十朝上的人了,腿脚真是好,去你家倒车得倒两三趟呢。"国强说:"行了姐夫,见面聊。你赶紧的啊。"

喜梅拎着大包小袋跟在国强后面,说:"最近的那次,妈跑到玉红家,非说是梦见人家家里漫了水,水龙头没关。这次是梦见咱家出事了?"

出饭店,迎面恰好过来一辆桑塔纳。国强坐上副驾驶座,交代司机:"往西面开吧。"路上车很多,都赶着回家吃饭,本来就堵,还一路红灯,根本走不动。开没多远,踩刹车,开开停停一路。凡凡坐在后座上啃一只鸡腿,说:"出行千万条,安全第一条。"

喜梅低头看着脚边一摞打包盒,咕哝一声:"大中午的,天这么热。"国强没接茬,她又道,"好不容易去趟饭店,最后还得吃剩菜。美特好也没去成。"国强望着窗外忽然有点搓火,说:"能不能少叨叨一句?"喜梅安静了一会儿又开了口,她说:"敬老院多好,双人标间,一日三餐荤素搭配,天热了冷了,屋子里有空调。干吗非要跑回来?"

凡凡在一旁来一句："我奶能跑，说明她身体好呀。好事！"

车载音响里《音乐之声》频道有人点歌，一个男音淌出来："生儿养女一辈子，满脑子都是孩子哭了笑了，时间都去哪儿了，还没好好看看你眼睛就花了……"

车堵得实在厉害，基本是在挪。国强突然发现，他们本应该右转的，可现在开上了直行道。他扭头问司机："怎么不右转？"

司机面无表情来一句："已经在直行道上了，下个路口掉头？"

国强又搓起火来，说："本来就时间紧张，堵得这么厉害，下一个路口再往回绕，吃饱撑的？"

司机一听也火了，说："那你说现在咋开？听你的。"

喜梅坐在后面忽然说："停车，停车！下下下！就跟这儿下车，到马路对面重打一辆。"话音刚落，已经径自拎着大袋小袋下去了。国强瞅了一眼计价器，说："十块零八毛，给你十块。"把钱扔在座位上，跟着下去了。

一家三口穿过马路，重新拦下一辆车。凡凡坐进去不等爸妈开口，说："迎新街奥登花园A座。要快。"司机笑笑，说："这个点，能快到哪儿。"国强说："尽量开快点。"喜梅叨咕一声："这么热的天，回去菜都有味了。"国强说："家里老人一个人在，腿脚不好，耳背。师傅你尽量快吧。"司机照旧笑笑，来一句："科学还是不发达,咱要有载人火箭就好了。"凡凡见喜梅绷着脸不吭声,说:"妈,菜坏不了,车里有空调。"

喜梅往前凑一凑,问国强:"你要不再给家里打个电话?说我们马上到家,路上有点堵。"

凡凡说:"妈,你说我奶为啥老要跑呢?"

不等喜梅开口,国强在前头说:"等你老了也一样。想回家看看呗,还能有啥。"

郑淑娟站在厨房,前后左右看了几遍,板着手指数,觉得没落下什么。解下围裙,往门背后挂时看见笤帚,就又开始扫地。扫到里屋时听到外面蝈蝈叫:"丝丝丝,扎扎扎。"天气越热,叫得越欢。郑淑娟放下笤帚,走到窗台边,伸出头往外探看。

小区里的绿化越来越好了,夹竹桃大片大片,开得姹紫嫣红。槐树下有几个孩子正追逐嬉闹,脸红扑扑的,斜对面的楼门里有个孩子直冲出来,追前面一个穿白衬衫蓝裤子的男孩。郑淑娟怔怔痴看。这不是大儿子跟小儿子吗?闺女呢?怎么没看见闺女?心里一阵砰砰砰,这才想起玉红来了。不光是好些日子大儿子国泰没去敬老院看她,闺女玉红也没去过几次。郑淑娟想起上次国强说:"我大哥能耐,吃公家饭,出国是多么好的事,单位里多少人争着抢着还去不成呢。"郑淑娟此刻忽然有点生气,老大出国这么长时间,打个电话就那么费事?摇摇头喃喃自语道:"玉红呢?闺女没出国,为啥也不来?"

郑淑娟刚才在厨房忙活,出了一身汗,此刻才发现背心已经湿透了。坐下来喝水,喝得有点快,呛住,咳起来,边咳边念叨:"幸亏面和得多,把玉红两口子叫过来一起吃吧。管够吃。"双手扶膝慢慢站起来,隔着玻璃朝外张看,心里忖度着,要不要等小儿子回来了再走?

就在此时,窗外陆续走过说笑的人。郑淑娟说:"下班了。"

西屋的窗户正对着小区大门,几个女孩在花圃边的空地上比赛转呼啦圈。小辫子上扎着一对蝴蝶,飞过来,甩过去,一旁观战的人拍手鼓劲,唱道:"小花鸡,上磨盘,一挠挠个大皮钱。又买烟,又称盐,娶个媳妇过大年……"

几只麻雀飞落在地上,头一点一点,叽叽喳喳,一个老头走过,它们一哄而起。那老头直奔郑淑娟的方向走过来,走到窗台下当当当敲玻璃,叫了一声"郑老师",又说:"你咋又跑回来了?"

郑淑娟愣了一下才看清,是看大门的霍师傅,把窗户打开一扇,说:"霍师傅值班啊,进来坐坐?"

霍师傅摆一摆手,说:"你跑回来,国强知道不知道?"郑淑娟没吭声,只是看那几个女孩转呼啦圈。

霍师傅说:"小孙子有出息呀,考上西安交大了。"郑淑娟像是没听见,面无表情。霍师傅又说:"回来看看也好,小孙子去外地上大学了,想见面也不容易喽。"

郑淑娟说:"霍师傅,要是看见我闺女玉红,可千万叫她多上敬老院看看我。这都多长时间了,不见个人影。"霍师傅一愣,听见郑淑娟又说:"她大哥是公家派出国去回不来。她咋也不来看看我?"霍师傅隔了几秒方才回过神来,说:"好好好,我看见玉红,肯定转告。郑老师你吃饭了没?"

郑淑娟笑着说:"过水面。就等国泰、国强回来,都准备好了。"

霍师傅忖度着,欲说还休似的,看了郑淑娟一眼,说:"那行,我也该回家做饭了,得空来家坐坐啊郑老师。"他走出去几步又停住,掉转身来看看,那扇窗户已经关起来了。

出租车一直开进奥登花园,在 A 座楼门前停下,国强一家下了车。远远就看见阳台上那盆红色天竺葵,红得耀目。国强说:"这花可真能开,整整开了快一个月了。它是在等妈来?"走到窗台下面看花,就看见坐在阳台的郑淑娟,睡着了,头朝一边歪着,一起一伏。衣服前襟沾满了面粉。

凡凡说:"我奶睡着了。"

一家子进楼来拿钥匙开门。门一开,喜梅第一个进去,叫一声:"妈!"

国强说:"别喊,让她睡。"

此时李明大步流星而来,说:"没来晚吧?堵得厉害。"

凡凡问了声姑父好,国强忙着递烟,说:"不晚不晚,我们前后脚。"

喜梅把带回来的菜一样一样打开,看见李明拎着一兜子东西,茴子白、圆茄子、西红柿,还有一把西芹,喜梅说:"姐夫,不是跟你说了吗,菜都现成的。"

李明想起什么似的,从塑料袋里拿出一个油纸袋子,说:"坛子鸡。我专门绕到六味斋买的。老太太不就爱吃这个?"

凡凡换好拖鞋还没见郑淑娟出来,走到阳台叫一声"奶奶",说:"我们回来啦。姑父也来了。"

郑淑娟耳朵背得厉害,一屋子人说话,她一点没听见。醒来睁眼看着站在面前的凡凡,说:"你是国泰?国泰你啥时回来的?"凡凡说:"奶,我是你孙子,我是凡凡。"这时喜梅走了进来,国强跟李明紧随其后。喜梅说:"妈,我们都回来了。"一语未毕,人不禁愣住了。阳台地上摆着最大号的案板,因为太过笨重,只有全家在一起吃饭时才拿出来用了一次。

案子上满满地摊着面条儿,都一顺一顺摆好。凡凡隐隐闻到有什么味道,好像是厨房?喜梅紧跟着跑过去,叫起来:"煤气没关,准是水开了把火浇灭了。"

国强跟李明一进厨房便怔住了。麻酱已经调好了。油炸花生米已经捣碎。黄瓜丝、葱丝切了满满一大碗。煤气灶上架着锅,锅里温着炸肉酱,已经干锅了。

喜梅打开碗柜橱柜检视着,自言自语,不知在说什么。

李明看看国强,说:"妈弄这么些面,玉红在也吃不完。"

凡凡已经把郑淑娟从阳台慢慢扶进屋里来,郑淑娟说:"给奶奶搬把椅子,沙发太软,坐进去,我起不来。"听见喜梅在厨房刷锅洗碗,又说:"还没吃饭就洗碗?我才刚眯瞪一会儿,你们就回来了。"

喜梅说:"妈,你以后千万别动煤气啊,多危险。"

郑淑娟睡得迷迷瞪瞪,说:"国泰等一会儿回来?"

国强说:"妈,咱吃饭。吃饭吃饭。"

郑淑娟没吭声,瞪大眼睛看着眼前这些人,一眼困惑。

国强说:"妈,弄这么多面条,这大热的天。"

郑淑娟高兴了,说:"过水面,多做了点,你们小时候就喜欢吃过水面!"

喜梅夹了一块带回来的鱼,仔细把鱼刺挑干净,放进郑淑娟碗里。李明撕下一个鸡大腿递过来,说:"妈你吃,六味斋的坛子鸡,骨头都能吃,酥烂。"

凡凡看着一桌子菜,说:"奶奶……"欲说未说似的。

郑淑娟刚把鸡腿咬进嘴里,又放下,急急地站起来,无奈腿使不上劲,手抓着桌沿有点发颤。凡凡扶住郑淑娟,说:"奶你要干嘛?"郑淑娟说:"洗洗手吃饭。可有一阵没吃妈做的过水面了。"

喜梅与国强对视一眼后说:"妈,别急,先吃菜,过水面我等一下弄。"话音未落,郑淑娟已经从厨房拿出一个瓶子,给国强倒了一杯,说:"酒少喝。你在国外那么远的地方,尤其不能多喝,要喝回家喝。"

国强一时沉默了。

凡凡小声说:"奶,那不是酒,你拿的是苏打水。"

郑淑娟没听见,道:"难得回来,一家人吃顿团圆饭。喝点儿?大家都喝一点,高兴高兴。"说完给喜梅和李明都倒了一杯,给自己也满上。

国强觉得胸口发闷,端起那杯"酒",脖子一仰,干了。

李明举杯跟郑淑娟碰一下,说:"妈,喝完咱吃过水面。"

郑淑娟又要往起站,说:"我去下面。"

喜梅说:"我去我去。六味斋的坛子鸡,妈你趁热吃。"

郑淑娟把碗里的鸡大腿夹给凡凡,说:"俺大孙子吃鸡腿,学习好、身体棒。"

凡凡说:"奶,我的奖金呢?"

国强拍了凡凡一巴掌,说:"还能逼着问奶奶要钱哪。"

郑淑娟扭过身来看厨房,说:"再喝点儿?今儿高兴。"

国强摆一摆手,说:"我们下午还上班,不喝了。吃饭吃饭。"

郑淑娟重新坐下,看着桌上的菜。

李明猛地想起什么,从另一个塑料袋里掏出一个打包盒递给喜梅,说:"认一力的饺子。热天吃羊肉饺子,舒坦。"说罢用手捏出一个递给郑淑娟,"妈你尝尝。瞧瞧这馅儿,肉大。"

郑淑娟说:"国泰啥时回来?国泰最爱吃羊肉饺子。"

喜梅给郑淑娟夹一块炸鸡块,说:"虾酱腌的,妈你吃。"

郑淑娟看看李明,说:"玉红呢?你来不叫她?"窸窸窣窣从兜里摸出一张一百块钱,叠得四四方方。

国强说:"妈你弄啥?"

郑淑娟把那一百块钱放桌子上铺平、抹展,往凡凡手里塞。

手机铃声当啷啷响,国强走到客厅去接电话。

喜梅说:"快两点了,我三点的班。"

国强接完电话回来,附耳跟李明说:"敬老院那边催了……"

凡凡起身去厨房,从冰箱拿冰可乐时看见那只泡在冷水盆里的西瓜。

窗外的蝈蝈叫得正欢,丝丝丝,扎扎扎,丝扎丝扎……

庙宇深处

"上师要来。"高向东在饭桌上跟我说,"分心挂腹这么久,无论如何不能错过这次法会。"他叫那些能教他"本事"的人"上师"。"上师"英文为"guru",直译过来就是"古鲁"或者"咕噜",以至于我的脑海中立刻闪现出《指环王》中最终毁灭魔戒的那个咕噜。

我从高向东的语气里听出,这位上师同他前些年从普陀山到峨眉山,再到九华山,一路追至五台山的那一位,并非同一人。

我不信教,但因为跟高向东是死党,曾有幸跟一位佛学院的教授共进晚餐。席间,那教授滔滔不绝地向在座的人讲述他每日教学的内容,口若悬河,侃侃而谈。那些佛经术语,深奥莫测、晦涩难懂,在我听来仿若天书,又不好意思问,于是只好跟随众人频频鼓掌,瞎点头。

此时听见高向东这么一说,我突然就很想跟着他去见识见识。说不定真能拓展眼界和思路呢？我从单位辞职以后，完全靠卖文求生，需要多看多听多长见识，才有可能写出有质量的东西。

我说，带我一起去吧向东，学海无涯苦作舟，让我也跟着提高提高。

眼下，我的小说创作正陷入瓶颈期，停滞不前，思路全无，我觉得我应该打破闭门造车的写作习惯，尽可能地走出去，跟外面的人多接触，多探索一些曾经根本不会触及的领域。我的意思是说，我在潜意识里觉得，这法会意义非凡，说不定会是一次很好的搜集素材的机会呢，而更为关键的一点是，我一下就记住了高向东只说了一遍的这位上师的名字——桑吉丹增。

我这人是个脸盲，只见过三次以下的人，即使面对面走过，都无法辨认对方。有人说我高冷，其实是因为我的记忆力太差，又是两百度近视，但除了码字，我平时不戴眼镜，怕一戴上就再也摘不掉了。但我从来没觉得记忆差是个缺点。你想啊，人要是能把三岁以后的事情，事无巨细，好的坏的逐一细数，那该是多么可怖的事？

我说，向东，活佛和上师究竟有什么区别？你们这次的法会都有些什么流程，给我说一说行不？

高向东的手机在桌面上无声地震动，他瞥一眼，并不接，夹一筷子过油肉放嘴里大嚼。我们吃饭的这家店是个素菜馆子，鸡鸭鱼肉、生猛海鲜，一样不少，只不过都是由豆制品精工细作而来。高向东自打沉迷于佛学研究，四年多来，几乎不碰荤腥。而我属于无肉不欢一类，家隔壁是一家麦当劳，赴约之前，先进去打包了一大份炸鸡腿跟麦乐鸡翅。

"不过是传法、授法老生常谈那一套，你不懂，没兴趣的，去凑什么热闹呢？"高向东蹙眉定眼看着我，确切而言是盯着我手中的鸡腿，仿佛它即将要跑起来。

高向东生得高高瘦瘦，大眼睛，眼白多，看人总好像目空一切似的。他比我小三岁，有那么句话，男人在四十岁之前都是未成年，他的生活这么多年来始终规行矩止，按部就班，研究生毕业后先是应聘进入一家公立学校当老师，先教化学，而后改教语文，然而他所学的专业是物理力学。

高向东在学校里是独行侠，有课上课，没课走人，逢人见面笑嘻嘻，但几乎从不与人交谈，也没什么朋友。老师跟学生都觉得他性格孤僻，有点怪，只有我知道此话然而不然。

比如说这样的法会，高向东永远有各种获取消息的途径。都有哪些人参加？何时何地？规模大小？他甚至对如何到达目的地的出行方式，亦了然于胸。乘公交乘几路，地铁是否可以直达，倒车的话怎么倒。这叫我十分佩服。你想啊，如果平日里没有联系紧密的同道中人,何从知晓?然而我实在想不出,高向东跟他的道友们,究竟是在什么地方认识的?五年前的他,一门心思专注于流体力学,研究流体(液体与气体)的力学运动规律及其应用,研究在各种力的作用下,流体本身的状态以及流体与固体壁面、流体与流体间、流体与其他运动形态之间的相互作用。我听着都头大。对于他怎么会突然对佛教产生浓烈的兴趣,我一直心存疑惑。

此刻见高向东似乎并不愿意让我跟着他去,心想,那就别去了,惹人烦。再说,平日里我最讨厌那些有事没事,总喜欢见庙就进的人。他们一进去就烧香跪拜,面朝一尊出自现代匠人之手的五彩泥塑,扑通跪倒,口中振振有词,仿佛这一跪便可逢凶化吉,吉星高照。

然而我还是忍不住好奇,想要跟着去看一看。我说带我去吧向东,让我也跟着提高提高。

高向东默无一言,腮帮子一上一下呈波浪式。现如今他吃一口饭,至少要咀嚼二十至三十下,恍惚的瞬间让我难以分辨,他这张看不出表情的脸,是因为佛学的功力浸染,还是由于几年来睡前打坐造成的?

"你可得绝早起床出门,别让我等。"他终于咽下那口过"油肉",又说,"五点半准时到桥头街车站,拜会上师得心诚,我们必须赶上太阳高升之前最早的那班车。"

从我家到桥头街车站,起码要步行半个钟头,我租的房子位于城乡接合地段。当初辞了职,本想着靠稿费生活的日子可以自由自在,不必再朝九晚五,日日定时定点刷脸按指纹,然而理想很丰满,现实很骨感,我写的小说被一退再退,只好把原先租在市中心的房子退了搬来此地。房租倒是省了大半,但出行的难度大增。

我说,放心吧向东,我肯定不会迟到,今晚早睡。

实际上,辞职以后,我的睡眠一直不太好,入睡慢,且睡眠浅,稍有点风吹草动便骤然惊醒,浑身冒冷汗。用医生的话说,这是长期精神压力大而导致神经衰弱,明显的症状便是"睡眠障碍"。但我自己清楚,我其实是因为单身久了,一个人在黑暗中不敢闭眼,担心这么一躺下去,便有可能长睡不醒。这种无形的恐惧感日积月累,且有增无减。

我曾经跟高向东提及失眠的苦恼,他给我的建议是,睡不着别硬睡,在床上盘腿打坐,阖眼默念"临兵斗者,皆阵列前行"。我并不懂这句话是什么意思,上网百度过才得知,此乃道家九字真言。然而事实是,念经并不比数羊灵验。我总结了一下,觉得九字真言的功效之所以在我身上失灵,症结就在于我没能顿悟。没领会真谛,自然就没有心得体验,于是更加觉得有让大师给指点指点的必要。

高向东喜欢穿夹克,今天他穿了一件宝石蓝的 CK 春夏最新款,衣领竖起,翻卷着朝两边微翘,像一艘即将扬起的帆。里面是一件浅蓝色圆领短袖,已经洗得微微泛白。他穿衣一向讲究精干,即使是大冬天,也至多在羊绒衫外头套件皮夹克。为了能在上师面前以最好的精神面貌出现,他昨天还理了发,虽然头发本来也不长。我注意到,他的鼻头正中间的一颗粉刺已经十分饱满,泛红透亮,露出白头,我不知道该不该提醒他,应该即时把里头的脓挤掉,不然任由其发展下去,会化脓发炎,等到不得不挤的时候再挤,会留疤,最终导致毛孔永久性变大,俗称"酒糟鼻"。

"我现在看见别人吃荤就反胃。"高向东面无表情地说。我愣了三秒钟方才回过神来,此时我正从塑料袋里拿出一根鸡翅递到嘴边,给他这么一说,那翅膀仿佛要飞起来,我把鸡腿鸡翅跟没吃的汉堡一起塞进塑料袋。

"垃圾食品吃多了皮肤老得快。"高向东的嘴唇在灯光下泛出隐隐的红,带点紫色,他比我小,却总像我哥似的,喜欢教育我,此刻他夹一筷子香椿炒鸡蛋慢慢嚼着:"那些走哪都手拿佛珠捏数的,未必就是信佛之人。"

我脱口而出:"鸡蛋是鸡下的。"说完立刻后悔了。

"真正的信徒,的确不吃鸡蛋。"见高向东并没生气,我紧张的神经方才松弛下来,他眼皮都不抬一下地说:"我认识一个姑娘,几个月不吃任何东西,活得好好的。"看我一眼又说,"有记者二十四小时追踪纪录,片刻不离地跟拍,就想知道她是不是有所隐瞒。但几个月跟下来,人家不但没偷吃,还日日打坐念经,给寺庙里的僧人做饭呢。"

我说:"不能吧?没有科学依据能证明,人可以从空气中获取身体所需的能量。喝西北风真能生存?"我听说过道教辟谷跟印度瑜伽高僧,但他们也并非完全不吃东西。

高向东不苟言笑道:"饥饿是一种病,所谓的饥饿感是种情绪。人为什么要吃饭?因为身体会消耗。为什么会消耗?因为你我皆凡人。凡人的妄念一直在活跃,吃进肚的东西,百分之九十以上,都消耗在人类难以自抑的纷乱念头之中,故而有时脑力劳动者反而要比体力劳动者更容易困乏。"停了一停又说,"得道之人正因为已然回归本性,四禅八定,念念皆在定中,因此根本不会产生消耗,自然也就无须依靠吃饭睡觉来补充能量。"

我竟听得无言以对,半梦半醒。也许跟高向东同为道中人的"他们"或"她们"当中，真有人能靠意念维持生命？

后来高向东有事要走，我说我来买单，他走后我独自又坐了一会儿，然后就想起昨天夜里做的梦。

梦里的我在浴缸里躺着，身体被水吞没。水蒸气上升，凝结，对面墙上的镜子雾蒙蒙的。我在水里屏住呼吸，睁大双眼。我想看看自己能憋气憋多久，到再也憋不住的时候却怎么也爬不起来。同样的梦境，反反复复，已经持续好长一段时间。我记得高向东曾经说过，究竟是现实还是梦境，你去照镜子，如果在镜子里能看见自己的脸，那就是梦，是幻觉。

浴室的窗户没关，一阵冷风，我透过窗户望出去，看见对面楼上的人家，窗子里透出一团温暖的黄光，人影幢幢间分明听见胡同口有人大声地吆喝："烧土，烧土喔——"。如今只有在城郊接合地带，才有人拉车卖烧土。

究竟是梦境还是现实？

从饭馆出来，外面不知什么时候下雨了。潮湿的路面给路灯照得异常白亮洁净，又那么昏暗。雨已经停了。我站在街边打车，身后是一家爱情主题酒店，二楼的一个房间开着窗户，没拉窗帘，从我站的角度看过去，是一张大床，圆形的，靠墙边站着一个女人，正把一条玫瑰红的床单当空抖开，收于胸前再迅速地抛出去,我的眼前一抹红光。

隔日绝早起来,出门时还不到五点钟。虽已进入初夏,早晚仍有点寒意。昨夜的雨,在沿途经过的白粉墙上留下了半干的水渍,空气中的土腥味让我觉得踏实又舒坦,迷离的瞬间有点庆幸,住近郊未必不如住市中心。

晨风轻拂,从灌木丛中不经意地吹过,这个时间,路上车稀人少。马路两旁成排的银杏树的叶子,三片两片,悄然落下,摇曳沉浮仿佛一尾一尾金色的小鱼,纷纷游向手持扫把等候在街角尽头的清洁工。万物寂静。我听得见自己的呼吸跟脚步声。几只麻雀在枝头蹦上跳下,叽叽喳喳商讨着去何处觅食。

我没注意高向东是从什么时候跟上来的,忽然听见身后有人叫我的名字,吓一跳。

"天还没亮,你怕黑么。"他说罢递给我一块巧克力,"知道你没吃早饭。"

我没吱声,但显然有点动容。

我们走过一排低矮平房。临街的一个窗子开着,一个瘦高的男人就着水龙头在灯下洗头。他只穿件汗衫,光腿穿着裤衩。那汗衫在他身上一荡一荡,看得见他背上的肋骨。此刻他正把头伸到水龙头下面冲洗头发上的泡沫,整个人弓成一只烤虾。

"桂花香味的洗发水。"高向东轻声地说。这一瞬间我觉得,这注定会是美好而清新的一天。桂花香味的一日之晨。我心情愉悦,脚步轻松。本来还在为没换运动鞋而穿了猫跟鞋出门懊恼呢。

不远处,正在新建的商品房的楼顶,呈半圆形,庞大而突兀的巨型蘑菇群建筑,黑暗中看去有点骇然。我指给高向东看,说:"总觉得那像一座座陵园,膈应人。"

高向东并没接茬,拿着手机不知在看什么,我于是不再开口,两个人就这么默默地并肩走下去。

一个穿西装的男人疾步而来,超过我们往前去了。他在打电话,声音很响,是不太听得懂的方言,不时停下来前后左右张看,好像在等什么人。我发现他的西装背后有什么东西挂在屁股上,仔细一看是吊牌,不知是忘了摘还是从洗衣店取出就直接穿在身上。

到车站时车还没来,早班车六点整,我们五点四十已经到了。站牌下面站着一个女人,头发用条纱巾彻底包裹起来,戴着没镜片的眼镜架。女人定眼看着那个西装男,她分明也看见了他西装后面的吊牌。

也许那是租来的新衣服,穿完了还得还回去?我想起自己以前在星级酒店工作过一段时间,遇到有客人订喜宴或生日宴，酒店会让我帮忙客串主持，我就经常去租一套晚礼服，穿完就还回去，注意别弄脏就行。

我心想，咸吃萝卜淡操心干啥？不禁笑起来。我这人有时就爱瞎琢磨，西装男说不定是个大老板呢？加长型凯迪拉克就停在街角，司机一到，他径直奔过去，车门自动打开，男子躬身钻入，西装吊牌瞬间就会给茶色车窗玻璃吞没。他知道我在注意他吗？人家压根儿都不会瞥我一眼。

公交车来了。

等我们到达寺庙的时候，已经有不少人围聚，且说且笑，很是热闹。

我发现这寺庙与平常所见的不太一样。门口没有那种叫卖各色廉价小吃跟兜售本地纪念品的小摊。已是日上三竿时分。一个老头披件黑灰色道袍，膝头上放着一个盒子，用黄色的纸罩起来，身后的木牌上写着四个墨色的字——门票十块。老头寂然端坐，他脚边的喇叭里传出一个男音："门票收好，会后可请上师签名留念，一位一百。"

高阶之上的门楣上方，大红色的横幅高悬，用黄色的字写着：热烈欢迎桑吉丹增上师大驾光临。

土黄色的院墙边，一个男孩跟在一个女人身旁，见人就磕头,手直伸出来:"幸逢上师,共修佛缘……"四下里生着高矮不一的草,在日光下颜色极淡,模糊一片。我紧步跟在高向东身后进门,没给他们一分钱。

进院右手边,是一个荷花池。前面一只两人多高的香炉大鼎,占据前院的中心地带。专供插香所用的大奁已经备好,善男信女,络绎不绝。人们三五成群围拢于此,不论男女,自己的衣服外面一律都套上一件黑灰色的粗布罩衫,肩膀一侧斜挎一个姜黄色的香袋,阳光下十分耀目,仿佛镶了一层金。

我踏上台阶正想绕到正殿去看一看,站在香炉鼎背后的一对男女朝我们招手,叫了一声:"小高,高向东。"

"是梁工跟他老婆。某高校的副教授。"高向东已经朝他们走过去,我紧步跟随。

"这次你可来迟喽。"梁工的手已经直伸出来,高向东紧走几步上前握住那双手,说:"我们在门外站了一会儿。"

近看才发现梁工已不年轻,戴副金丝边眼镜,穿件类似造船厂工人穿的那种橘黄色制服,袖口上有三个半圆弧形商标。我心想,还是个潮人呢。

高向东侧过身来介绍我,说:"这是金小枣。"

梁工在我伸出去的手上蜻蜓点水般握了一下,掉转身来介绍:"我太太。"

"没听小高说你要来,"梁工说,"幸会啊幸会。"

我微笑着点头,敷衍了一句。我正寻思该怎么更好地融入话题,就见梁太近前几步,附耳道:"小枣你好福气哦,能有这种机会。"说罢又站回她丈夫身旁去了。

此时,正在排队烧香的人们,自动站成两列,有专人带领着依次进入大雄宝殿。门内侧站着两个僧人,土黄色的僧衣外面也披一件黑色罩衫,双手合于胸前,进来一个人行一次合十礼,口中念念有词,听不见在说些什么。

高向东说:"路上特顺,一路绿灯。"

梁工说:"昨晚一夜风雨,今天太阳真好。"

微风将细碎的日光,从人们脸上扫过,色彩叠加了阳光的温度,我闭上眼睛,仍能感到被一片金橙色紧紧包围。

偌大的庭院内,迎面立着一面大镜子。此刻客满,是一片人海,我站在这里看过去,是人海上面又叠落一个人海,人潮汹涌中却听不见一丝声响,寂落得让人胆怯。

"可不么,已经很久没出过这么好的太阳了。"高向东把一根香烟叼在嘴上,并不点,就那么叼着。他抬头望天,梁工跟梁太也跟着仰起脖子看:"绝对跟上师的到来有关。这是吉兆。"

我不时地掉转身来望向正殿,看今天的主角来没来。

木鱼声声,诵经声从殿堂内传出来。我看一眼高向东,悄声说:"我们要进去吗?"

"这是日常的早课。"高向东说,"法会要到未时才开始。"见我一脸惶惑,又加一句:"下午一点半到三点。"

法会要到下午才开始,但我们九点钟不到已经站在这里。高向东去撒尿,在厕所门口遇见一个熟人,原地站着聊起来。

我现在又开始后悔,出门时穿了双猫跟鞋,院子里的地面是鹅卵石,走路尽管已经特别小心,但稍不注意就会崴脚,要不就是鞋跟嵌入石头缝里。我想我得找个地方坐下。往身后看看,走回到荷花池边,靠着石头边缘,把鞋脱下又穿上。想起那次去缅甸,进寺庙一定要脱鞋,上香先净手,但此地不是缅甸。

荷花池里不见荷花,水是死水,浮着厚厚一层绿藻,给阳光镀上一圈金色,金芒刺眼。角落里,围杆上晒着几条旧棉胎,一只猫躺在上面,肚皮朝天。

我打手势给梁工跟他太太。高向东仍站在原地跟那人聊得起劲,看也不看我一眼。

正对面是个小二楼。底楼正中间的一扇门上写着"游客止步"。走廊的水泥地板上是新铺的大红色化纤地毯,一个穿黄色袈裟的小和尚悄然而来,拾级登楼,跟什么人说着什么,上二楼去给摆在走廊尽头的一张方桌上铺上亮黄色的桌布。隔一会儿,又端来点心跟水果,始终笑吟吟的。

距离我不远的水池边,坐着两个人,一个跟另一个说:"上师住在二层最里头那间房。"身旁的人点点头,拿出整串念珠默默捏数。

梁工跟梁太走过来挨着我坐下,他们头碰头彼此悄声说了句什么话。我注意到高悬在楼梯边上的四个华盖是丝绸做的,依次排开,已经给太阳晒得褪了色。我看了一眼梁工,本想跟他说点什么,但梁太刚好打开一瓶盐汽水递给他。

我继续望向二楼尽头的那张小方桌,桌子后面的墙上,在原来的白粉墙面上钉了一块木板,挂着一幅画,颜色鲜亮、图案繁复,我琢磨半天也没看明白是什么,只觉得它们此刻挂在那儿,也自带一层神秘的色彩。

"小枣,介意不介意随便聊聊?"梁太跟梁工调换位置,紧挨我坐下来。

"不介意不介意。"

"听小高说你在医院干过一段,现在在写小说?"未及我开口,她又说,"医院的工作多好,怎么说辞职就辞职,是为体验生活?"不用问,这都是听高向东说的。

我踌躇着不知该怎么回答,忖度道:"就是个急诊室护士。统共也没干多长时间。医院试用期时间太长,我们这种编外实习生,属于机动候补队员,哪里需要去哪里,加班是常态。经常连夜给挂急诊的病人进行紧急处理。每天跟各种各样的病人打交道,车祸断腿的,喝酒喝到胃穿孔的,斗殴挨了刀子的,有的急症病人送到医院已经快不行了,我就得被家属臭骂。你想啊,一个人天天耳畔充斥着叫嚷和呻吟,尤其夜深人静时分。那声音简直让人抓狂,没多久我开始失眠、心悸。有次值大夜,凌晨时一个病人死了,我得负责处理尸体,用裹尸袋把尸体裹了移至太平间,然后通知排队等床位的下一位病人可以住进来了。那一刻我忽然觉得,人生真无趣,再这么下去我跟死了有什么分别?我决定改变,我必须改行。所以辞职了。"

梁工跟梁太定眼看着我,仿佛从未见过似的。梁太说:"这做人啊,最重要就是开心。那怎么才能开心?有什么别有病,没什么别没钱,你见过有哪个大夫能治好自己的癌症?不得病最好,一旦得了,去医院就是烧钱,到最后竹篮打水一场空。医院能给你治好绝症?"说着嗤地一笑。

梁工接过话题道:"再有名的专家也白搭。古人言'人寿则多辱。'钞票散尽,到头来换来一张死亡通知书,家属还必须得在上面签字。临了跟你来一句,节哀顺变,人生无常。"

"可我们生了病,还是得去看医生。挂专家号还得通过黄牛呢。"

"那是。我的意思是说,如果一个人,对自己有足够的信心,别动不动就知道找医生,正可谓万事不求人,求人不如求己。"他指一指胸口,"人的命其实就靠一口气提着,你要是相信点什么,有了病灾也不怕么。"

"信菩萨?信上帝?"

"禅宗以心印心,上师的造化,无人可及,崇拜他就要无条件服从,他怎么说,我们就怎么做,不懂别瞎问。当你把自己完完全全交出去,自然也就解脱了。"

"真的?"

我瞠目的表情,或许正是梁太希望看见的,梁工已经把随手拍下来的照片凑成九宫格发了朋友圈,立刻收获十几个赞。

庭院里的阳光,像水一样浸染、吞没每一个人。我忽然觉得又累又饿又乏,恍惚的瞬间,不知道自己身处何方,今夕何夕,我来这里到底又要干什么?

我有点烦躁,高向东一直没跟过来,于是在熙来攘往的人海中探寻,漫无目的的眼光落定在一个高个子女人身上,身旁站着高向东。看得出他们说得正起劲,他偶尔趴她耳边说句什么话,她抬手锤他,捂着嘴笑。我今天没吃早饭,饿得前胸贴后背,给太阳晒得有些目眩头晕,闭上眼睛再睁开,看见满地太阳。

我深呼吸,把手垫在大腿下面,石子硌得我屁股疼。然后继续盯着高向东。高个子女人穿了件血红色的长裙,准确地说是长袍,阳光下那长袍给镶了一层金,她仿佛一只巨型火烈鸟,即将要燃烧、腾起。

而就在这时,耳畔钟声当当而起。我听见梁太说,该吃午饭了。

正殿里那些诵经声跟木鱼声,戛然而止,穿黑罩衫的人鱼贯而出,在庭院内自动分开,男左女右,重新组队。我在这里望过去,雾蒙蒙一片,仿佛池塘深处落满了鸦……

众人排着队,依次缓慢而有序地走向后院里的一间大屋。我跟在梁工跟梁太身后去吃饭,却总感觉不是去吃饭而是去参加一场追悼会。梁工跟梁太一旦加入队伍,便不再开口说话,表情肃穆,我则埋头跟在一旁,机械性往前移步。听见身后有人喃喃道:"南无阿弥陀佛,阿弥陀佛,阿弥陀佛……"

走进那间大屋时,高向东正抬起手臂朝着我们挥舞,他已经在一张长桌跟前坐定,边上坐着那位血红火烈鸟。

梁工跟梁太紧走几步赶过去,挨着那女人落了座,我的身后是个窗户,我看见膳堂前院后屋,晾晒着一匾一匾的黄花菜与蘑菇,那匾比市面上卖的大许多。高向东说:"寺庙里提供斋饭。这些花菜与菌类,由僧人每日清晨上山采得。"

斋菜中竟然有一道"肉蒸饺",当然不是真的肉。我跟高向东在素菜馆子里吃过这道菜。只取蘑菇的梗,剁碎后加一点酥油,拌拌就得。今天这道"肉蒸饺"馅足皮薄,咬一口,唇齿留香,觉得比馆子里烧的味道还要好,不禁一口接一口。我说:"出家人不吃荤,却能把素菜做出肉味来,了不得。"见高向东一个劲地瞥我,我才噤住。想想真神奇,蘑菇这东西全国各地都有,一下雨就探出脑袋,说不准在什么地方等着呢,我就见到过房梁上长出了蘑菇。

就在我大快朵颐之时,一张湿纸巾递过来,我这才发现别人正在给碗筷调羹细细擦拭消毒。血红火烈鸟把消毒纸巾递给我,说:"疫情防控,长效长治。"此刻我突然怔住,跟她瞠目而视,我说:"你是……"她左边眼角上的那颗痣还在,只是与高中时相比有变大的趋势,我觉得此时此刻,自己最好能立刻叫出她的名字,然而却死活想不起来。很显然,她也并未能即时想起我叫什么,只好彼此尴尬地笑笑。

世间事,往往就这么妙不可言,许多人一辈子擦肩而过,而有些人时隔多年,却能在根本不可能有交集的地方邂逅,此前什么迹象也没有,就只是从长桌的一头向你递过来一张湿纸巾，然后就到了见证奇迹的时刻。

我跟血红火烈鸟面面相觑，都笑起来。高向东说："你认识夏冬？真没想到。这真是太巧了。"

"瞧，小枣，我说什么来着？你真是有福之人。"梁太对着丈夫重重点一点头，再次得出这个结论。然而这一瞬间我忽然觉得尴尬，因为不知道该说些什么。上高中时，夏冬坐在我身后，同学三年，十几年后遇见，眼前的她那么熟悉，又那么陌生。

"我只知道夏冬在医学院读研，想不到你们认识，竟然还是高中同学？"高向东笑着摇摇头。

"我们前后座。"

夏冬突然说："没想到金小枣今天会来。"我觉得她也是才想起我叫什么。记忆中，夏冬是老师的专宠生。成绩优秀，勤奋上进，还是班干部，我记得她当年是保送进大学的。我说："你不是去航天学院了吗？怎么学了中医？"

我高中毕业后读了护理专业，去医院做实习护士，没多久就辞职了。要是给夏冬得知我现在是无业游民，会不会耻笑我？

"当时给保送上航空学院，后来又复读重新考了医学院，因为我更喜欢学医。在医学院读了五年。"夏冬说。

好多没吃饭的人站在一旁等座，众人围观之下，我们加快速度吃完,起身来到后院。梁工跟梁太已经走到前面去了,高向东拿着手机不知在给谁发微信,我和夏冬跟在后面,不紧不慢地走着。

夏冬说:"我们去正殿瞧瞧。"正殿里的佛像应该新上过色,十分鲜亮,供桌上的香炉里没有袅袅香烟,点的是电子蜡烛。

夏冬的一只手自然地挽住我的胳膊,侧身道:"我家是中医世家,我太爷爷就是当地非常有名的老中医。只不过学起来太费劲儿。本科五年,本硕连读七年。一入校,基础科目是习字。"我说医生的字都是天书,她又说,"一般人都看不懂医生写的字,但医生却能看懂其他医生写的病历单,就是这个道理。"我不置可否,听她继续说,"书本里的知识是死的,如何学以致用?说到底靠的是医生的个人经验。仰观宇宙,俯瞰人体,相面决生死。脸色好不好,吐舌头瞧瞧?见微知著。不觅仙方觅睡方,长什么肠子吃什么食物,那学问可大了去。听我爷爷说,望、闻、问、切,不过是摆摆样子罢了,他看病完全只凭感觉……"

她说话的声音很轻,很快,无声地笑着。

这还真是头回听说,觉得新鲜。我说:"听说现在去看中医,医生要病人先去医院拍片子,抽血化验之后,方才给你把脉问诊。"

夏冬说："正常。难不成你还指望有人能一眼看穿你五脏六腑？我不愿意让病人这么看我，我立志要成为那凤毛麟角者。虽然听起来有点夸张，但绝对是真的。我爷爷说的呀……"

一个侧殿的门敞开，没有人，地上一只椭圆形的蒲团已经很旧了，边上的藤草支棱着。夏冬立住不动。我犹豫，来都来了，要不要进去跪下磕个头？

我其实想说我也一直很努力，如今却是王小二过年，一年不如一年。但我并没说。既然来到此地，突然遇见一个十多年未见的旧相识。我更想知道她这么多年是怎么过的。

"我这人，命算不错的。我是说，当年没参加高考直接被学校保送，然后又转校，换专业，一切都很顺，太顺了。"夏冬掉转身来望向别处，"毕业后直接留校，多少人羡慕，男朋友是初恋，一毕业就结婚，校领导还特批了我一套婚房，一室户，小虽小了点，但你不知道多少人为此红眼呢？"

我瞪大眼睛往下听，她偏又不说了。

侧殿的门前一排塑像高耸伫立，面目狰狞的四大金刚，手上握有琵琶、宝剑、赤龙、宝伞。我望着其中一尊怒目金刚的脚，墨色的靴子已斑驳掉漆，鞋底足有两尺厚，灰尘在阳光下飞雾般迷蒙。我忖度道："然后呢？"

"结婚之前我已经怀孕了。"夏冬轻声笑道，"顺势逆势，人生本该如此,万事皆大欢喜之时,尤其要小心。辛苦怀胎十个月,到头来难产,孩子落地就呼吸微弱。搁保温箱里抢救,只活了两个钟头。医生说,新生婴儿的死亡率,历来就不被重视,千分率的可能性,偏偏我中了彩……"我觉得我应该说点什么,以示同情,但一时找不出合适的字眼,只好安静地听她继续说下去:"事情没落到自己头上,说再多的话都显多余。我现在能讲给你听,就说明都过去了。"

此时我们恰好走过正殿的后门。门开着,一个小和尚端坐在阴影里玩手机,他的面前是一座千手观音,像身耸入五彩的云中,大殿内烛火昏暗,灯下看去仿佛是一艘巨大的航模船,冲破茫茫浓雾,直朝着我们驶来。那泥塑的五彩裙裾,定看久了像是桅船的帆在风中哗哗作响。

"知道吗?你现在的状况,可以看出你前世的修为,而你今世所为,亦可预知你后世的境况。你得明白,有些灾难它本来就在那,你无处可逃。"

"真的?"我将信将疑。

夏冬双目阖起,嘴角轻扬,说:"我就是那年在峨眉山认识向东的,两人一拍即合,特投缘,向东在这方面悟性极高,上师特别看好他。"

就在这时,高向东从梁工、梁太身旁走到我们这里来了。高向东不停地记录着什么,用手机备忘录写下来,梁太则对着菩萨像三鞠躬,我听见梁工说:"苦恼众生,一心成名,菩萨实时观其音声,皆得解脱……"

我站的位置,恰好能看见大殿后面的一间屋子。此刻院门紧闭,窗子开着,有几尊尚未完成的泥塑,三四米高的弥勒佛,原木色的木制胚刚刚打磨过,上过清漆,很浓的漆料味道越窗而来。我在想:"人靠衣装,佛靠金装,接下来就该刷金粉了。"

高向东他们已经从正殿里转一圈走出来,我跟在他们身后,经过一条小径,两旁竖有暗黄色的矮墙,墙头覆盖污暗的陈旧屋瓦,墙内的藤蔓上结着手指粗细的黄瓜跟茄子,原来是一畦菜园。

法会开始以前,众人从寺庙的各个角落搜罗而来的高椅矮凳,已经在院子当中摆得满满当当。夏冬已然恢复常态,笑眯眯地挽着我的胳膊,我们走到水池边站定。

"高向东人挺好。"夏冬说。

我笑笑,觉得这法会有点像小时候在乡下赶庙会。

一个小和尚走得小心翼翼,双手捧着个木头脸盆,水溅出来打湿他的袍子,走过身旁才看清里面躺着一尾鱼。

我以为是法会需要用鱼祭祀。夏冬却说:"要放生。"

那小和尚已经把鱼倒进荷花池。我说:"死水。鱼活不了。"

我突然有点迷茫,又有点难过,而这脆弱的情绪刚才在夏冬告诉我她的不幸时,都没出现。此刻那一池死水里的鱼,拼命扑腾,溅起金色的水花,我忽然很想和这个昔日的旧友聊一聊,我们读书那时的旧事。

我想起彼时的学校门口,每日准时会挂出的小黑板上,一笔一划写着:"阴转晴。午后小雨。东南风3~4级。最高温度29度,最低温度18度。早晚温差大,请注意添衣……"

那时我跟夏冬专门负责出版报,她的粉笔字写得好,横平竖直,工工整整。我则负责配图,画一朵云,画一个太阳,或者几滴雨。

我说:"你那时是怎么获悉第二天的天气的?"

夏冬愣了一下,说:"不过是把网上搜来的气象预报抄到黑板上而已,百度上可以查到十五天以内的天气情况。我哪有那本事?"我从她的眼神中可以看出,她很疑惑为什么我会突然提及那么遥远的事,然后她似乎想到了什么似的,说:"知道吗?高中班主任邵亦培死了。死好几年了都。"我啊一声,她又道,"我们毕业那年,他被外派至新西兰进修,三年后回来,成了妥妥的副校长,谁成想头一年就病了,客死他乡……"

高向东递过来一个长条板凳,我跟夏冬肩并肩坐定,高向东掉转身又回到最前排,紧挨着梁工跟梁太。

"人生一场幻梦呵。某个你特熟悉的人,冷不丁哪天走在路上,有人跑来告诉你,那人已经死了,已经死多年了。什么感受?好比你我现在正好好地坐在这里闲聊,而有一些人,正在某个地方悄然死去……"

我一时寂然了。

夏冬算得上好看的女人,只是左眼角的那粒黑痣,总让人觉得她在哭。我想告诉她,我认识医院的人,可以帮她把那颗黑痣点掉,激光一秒钟就能解决的事。然而我什么也没有说。

寺庙大门前有人在放炮。响鞭噼噼啪啪,隔着老远一阵金星,乱落如雨,忽而一团炙火猛然窜出,直升入天,迎空炸响,黄烟氤氲浓郁,良久不散。

待火花俱寂,法会即将开始。

夏冬侧身趴我耳边说:"人人都一样。此山看见那山高,总想着下一个一定会更好。到头来呢?"我正欲开口,她忽然说:"早上我跟高向东聊那么久,你知道他说了什么?"

法会正式开始了。

一个青年大步流星而来，由一侧的台阶走上主席台。这是一个俊逸的男子。瘦削的脸上一双稚气的大眼睛，眼神麋鹿般敏锐，笑容清澈，他穿一件深赭红色的袍子，一只手臂从袖筒里伸出来，手腕上的皮肤异常白亮，是没有被太阳晒过的颜色。

"桑吉丹增？上师这么年轻？"我不知是高兴还是失望，总之跟我所期待的不太一样。

"上师喜欢高向东好几年了。他已经被佛学院录取了。全院唯一一个特招生。"夏冬的说话声轻飘飘的，仿佛来自天上。

春困秋乏夏打盹。我的眼皮直打架。

身后距离荷花池不远处，站着几个半大孩子，一路追逐嬉闹，不住地被家里大人在屁股上踹上一脚，他们一点不在乎，顾自嬉笑着跑开，不一会儿再次围聚过来。他们推搡搂抱着，挤站在花池边，或者踩上同一条长凳，叽叽喳喳，始终无法安静。

我看见原先在寺庙大门口跟着女人乞讨的那个孩子，此刻正斜倚着水池的栏杆嗑瓜子，个呸个呸，瓜子皮吐得飞快。那女人席地而坐，正一把一把将讨得的纸钞跟硬币掏出来清数，那钱币在她面前形成了一个小堆，她满足地笑着。

桑吉丹增的声音从主席台上空远远地传过来，隐隐听见他在念一段经文,声音低沉,舒缓而沙哑,仿佛来自遥远的太空。我学着旁人的样子双手合十,阳光刺眼,我喃喃念道:"桑吉丹增,万能的上师啊,我小说的结尾怎么写才能更好……"一语未毕,睡着了。

蓝色妖姬

梦菲洗完澡出来，站在窗前梳头。一头长发已经过膝，她一直想换个发型，之前跟风做过大波浪，水波纹或者螺丝烫，因为头发超长，烫一次，至少需要两三千，相当于一个月的房租。但发型没有一次能维持半个月以上，索性重新变回一头清汤挂面般的直发。

梦菲俯身弯腰，从书房的抽屉里找出一把白水牛角梳，这是五一小长假去丛善寺祈福时特意买的。拿在手里温润如玉，手感特好，关键是不起静电。梳好头，三下两下盘上头顶，随手拿过一根铅笔横着插入头发，再稍加修整，变成一个大大圆圆的发髻。

天气说热便热起来，今年的春天短暂得如同做了一场梦。一缕阳光，此刻正从木格子窗照进屋，射得不够深入，窗外不远处的街角有一棵大槐树，枝条密密匝匝，遮盖住身后的小院。这棵老树满身伤痕,层层叠叠。它经历过太多磨难,攀爬过度,如今只能依靠铁丝捆扎而勉强不至于彻底摧折。生活如此不易,深陷困境也要努力生长,身处水泥混凝土森林的包围,它竭尽全力养精蓄锐,迎着太阳兀然而立。啊,又是崭新的一天。

就在这时,梦菲听见璐璐在客厅里叫她。

"梦菲,还记得去年的那桩杀妻案吗,上网没?"

梦菲租住的地方,距离丛善寺不远,步行顶多半个钟头,这个时间,能听见寺外的钟声。当,当,当,清晰而又遥远,合掌纷纷挤进屋子里。梦菲的耳畔有木鱼和咒经声,一下一下。她听见璐璐又说:"这家伙的行为,完全是蓄谋已久,记得上回警察走访调查,他口口声声,身正不怕影子斜,还优哉游哉逛超市呢……"

电视里正在回放昨晚的案件聚焦。璐璐的声音与节目主持人的说话声高低更迭,彼此交糅,即使隔着一层玻璃,仍听得十分清楚。

报道称,嫌疑人杀妻后分尸,分尸过程持续了整晚,之后分两天抛尸。与此同时,微信公众号、微博、各类短视频都在议论这件事,万能的网友总能找到各自讨论的最佳途径,义愤填膺,纷纷艾特某市公安局以及各路明星大V,一时间,舆情汹汹。梦菲按捺不住,踌躇再三,化名为"一只绣花鞋",在某知名网站负责人的深度好文下面跟帖留言:"这种十恶不赦的混蛋不赶紧判死刑,难道还留着过年?"

梦菲没听清璐璐又说了句什么话,换上睡裙走出客厅来看现场庭审重播。一位律师面无表情道:"处极刑应该没悬念。"镜头转至犯罪嫌疑人,他的脸给白炽灯罩着,五官模糊,那束光仿佛是个金钟罩。他只是呆坐,无论警察如何引导提问,他始终保持沉默,而在即将被带回牢房的瞬间立定,掉转身来说:"我其实很爱她,很爱很爱……"落下泪来。

梦菲见过被害人,一年多前她因被家暴住院。当时她正躺在医院病床上,接受记者采访。一束康乃馨粉白相间,盛开在一张给打得鼻青脸肿的脸跟前。她的头发也被扯掉一缕,她低下头来把头发撩开,给记者看带有血渍的头皮。而镜头外结婚照上的她,瓜子脸、杏核眼、眉清目秀,挽着身旁的男人,难掩娇羞与幸福。

梦菲说:"二十九岁呵,跟我一般大。"

在那张结婚照的下面,配有一段文字说明,标注为受害人跟犯罪嫌疑人的结婚照,拍摄于上海南京路上的百年老字号王开照相馆。当时记者问:"既然家暴由来已久,为什么不想着摆脱或者向法律求助?"女人先是沉默,她仍把将自己推入人鬼难辨、生不如死境遇的男人称为"丈夫"。她说:"我和我丈夫的教育背景不同,知识量相差悬殊,他知道的东西比我多太多了……"她嘴角不自觉地轻轻上扬,"任何话经他的口说出,都令我惊叹,他懂得特多,他太厉害,太牛了,世界上简直没有他不知道的东西……我就喜欢他这一点。"警察在一旁默无一言,那记者是个年轻的姑娘,忍不住用恨铁不成钢的口吻喷道:"现在你都这样了?还喜不喜欢?"

警方称,百余警力,历时一百十八天,终破解谜案。一审判其死刑。案犯表示不服,保留上诉的权利。

梦菲所租住的房子,以前是她跟前男友在住。房租一次性交足十年,房东给打九五折。他们住一起的第六年,平安夜前夕,梦菲被单位派往外地出差,事情办得出奇的顺利,她便连夜赶回来过圣诞节,本想给他一个惊喜,没想到惊喜变为惊吓,她看到男友正跟另外一个女人在床上切磋技艺。

梦菲从别人口中得知,那女人叫刘梅,是一个私企的普通职员,大学刚毕业,尚在实习期。土得掉渣的名字,长相也很一般,只是比梦菲小七八岁。她跟她初次见面,床上之人赤身裸体,地上之人默无一语。

刘梅当时就哭了,一个劲地叫梦菲姐,给梦菲鞠躬,说对不起,泪眼凝波,声音微颤:"姐,我不知道你会回来……"语气真诚,涕泗交流所表现出来的负罪感与内疚感,反倒让梦菲一时有点恍惚,觉得一对男女在一起已经那么长时间,合久必分,好聚好散,实属理所当然。

之后梦菲跟璐璐聊及此事,她说,也许在我的潜意识里,一直期盼着能有这么一个时刻,这样我就有机会换个活法。不过她其实是希望先声夺人,以便抢占先机,在男友面前表现出狮子座女人的胸怀,进而获取对自己有利的主动权。嗐,如今屋子里所有的家具用品,通通都留给了她。前男友把房租又预付了三年。梦菲回归单身贵族的同时,增添了诸多对婚姻的理解,以及性的体验,怎么想都觉得不亏。只不过,一旦落单,每当深夜来临,梦菲总觉得屋子里沉寂得古怪,玻璃窗外总好像有人在窥探,黑暗深处那张没有牙齿的嘴,时时刻刻在渴望,在呓语。

这样的失眠夜,让梦菲心生恐惧与绝望,仿佛被搁浅在岸的、缺氧的鱼。无奈之下,梦菲把璐璐叫来跟自己同住。

梦菲永远无法忘记那一幕——男友从房子里搬出的那天,她最后一次送出门来,看见刘梅站在马路对面,急奔过来扑入他的怀抱,眉宇间难掩喜悦,早已没有了先前的羞愧与负罪感。

就在上个月,梦菲听说他们已经领了证,但因为疫情的关系,暂时还没有办酒席。

此刻,梦菲听见璐璐说:"人不可貌相啊,真狠。"她双眼紧盯电视,"这家伙叫陈钢。铁嘴钢牙的钢。"

梦菲走过来挨着璐璐坐下,从茶几底层找出一包杏肉,说:"山西阳高出好杏,一个有拳头大,核小肉厚,专供出口。"

自从跟男友分开,梦菲爱上吃零食。杏肉桃脯、核桃红枣、瓜子花生,一坐下来,嘴就片刻不停。

璐璐目不转睛地看电视,从梦菲手里接过杏肉塞进嘴里,说:"就这么一个人,扔人群里显不出来,年纪一把,十多年的婚姻,还有共同的孩子,为了钱财能将枕边人置于死地。"

梦菲说,"真想不出他如何能避开孩子在自家卫生间里碎尸。体力活,大工程呀。报纸上说,好多碎尸案大多是大卸八块,四处扔,要不就是碎到一半又累又怕,心理防线崩溃,直接去自首,他却碎得干干净净,还泰然自若地喝茶看报,还逛超市,还接受采访。当代国产汉尼拔?"

被告席上的男人,始终三缄其口。此人腰长腿短,站起来跟坐着的时候看着差不多高,已经谢顶,身材在男人里算瘦小的一类,因为戴着口罩,只露出一对老鼠眼,看不出面部表情。

梦菲说:"这都快一年了,已经让他多活了这么久。"

法庭外,有位警察回答记者问,他说:"之所以过了这么久才开庭,一方面是受疫情的影响,还有政法机关教育整顿的各项工作,导致侦查以及审查起诉等各项工作进度延缓。另一方面的原因在于,碎尸案收集证据的难度相对更大、更复杂,而本案是轰动全国的命案,因此对证据的要求更加严格,司法机关肯定会非常慎重,以确保证据扎实可信,经得起人民跟历史的检验……"

梦菲喃喃道:"太吓人了。"她看着电视屏幕里这张没有表情的男人的脸部特写,那双眼睛也看着电视机前面正在看他的人。

嫌疑人的身旁坐着一位跟他年纪相仿的男子,此刻立起身来,镜头立刻对准他。他的座卡上写着"辩护律师"的字样。律师对着摄像机一脸漠然,所谓辩护,不过是拿着一张纸照着念而已。

梦菲说:"这种人还给他辩护?判死刑都太便宜,应该千刀万剐。"

璐璐像忽然想起什么来似的,说:"你说你想去监狱?采访这种人你不怕日后有心理阴影?"

璐璐大学毕业后,先是在地方卫视做小记者,名不见经传的她,因为主持了一档谈话类节目而大火,被当地百姓亲切地称为:"与死囚对话的美女主持人"。成名了的璐璐,去年却不再在荧幕前亮相,而是调入本市日报社做编辑。

梦菲跟男友分手后辞了职,现在靠卖文为生,她说:"我一直想写非虚构,觉得这是个不错的题材。"说完从嘴里吐出一个杏核,走至厨房把杏核放在门缝间夹开,将杏仁丢进嘴里,"我妈就这样夹核桃。"

梦菲觉得,璐璐的担心不无道理。璐璐之前采访过太多的死囚,而自从她做了"与死神面对面"栏目主持人,必须要有超常的心理素质与超强的应对能力,才能打开死刑犯的心扉,在其即将迈入鬼门关之际,深度挖掘他们的内心世界。在与死囚的谈话日渐多了以后,记者的社会责任感逼迫璐璐通过力透纸背的文字,还原真实人性深处种种不可预见性,并让这种丑恶行径大白于天下的同时,尽可能警醒那些筹划犯罪或者有犯罪动机的人。

然而凡事皆有两面性。当璐璐一次又一次目睹死刑犯终将以命抵命,得到预料之中的惩罚,她本该大松一口气,殊不知年深日久的采访与主持,已经使自己深陷黑暗的囹圄而无法自拔。有一次,她采访一个给判了死缓的犯人,此人将自己患有先天性脑瘫的女儿勒死,连夜埋入小区内的绿化带直至案发。面对电视机镜头,他淡淡地说:"我只想过一个正常人的生活……"采访结束,璐璐坐车回家,晴朗的天空忽然间暴雨如注。璐璐斜倚着椅背睡着了,迷迷糊糊望向窗外,恍惚的瞬间看见荒草丛中窜出一只老鸦,落在她身后那棵老柳树上,猛然间发出"哇——"的一声,"哇——"又一声,叫声嘶哑粗粝,她悚然间回头,见那老鸦张开双翅,扑棱扑棱一转身,径直朝着远处的天,箭一般飞去。惊魂未定间听见有人喊她的名字,马路两旁站满了那些被自己采访过的死刑犯,一个紧挨着一个,并肩而立,默然无音。这种幻觉出现的次数与日俱增,最终吞噬掉璐璐全部的睡眠。璐璐之后不得不暂停工作,回家休养,于去年调离原单位,到报社做了编辑。

梦菲正胡思乱想,听见璐璐说:"有的人死掉,其实比活着强。只不过他也知道,事情已经发生,没人能救他。上帝也无能为力。"

梦菲立刻明白,璐璐即使不再做那档访谈节目,但职业灵敏度早已深入骨髓,融入她的血液。而她所具有的高度理性与认知度,最终会成为她的心理负担。梦菲本想说点什么,扭头看璐璐已经睡意袭来,双目阖起,仿佛原来的激愤与怒气也随之消失了。

梦菲拿过毛巾被给璐璐盖上,听见璐璐喃喃道:"你想就此事写一篇非虚构,但估计想写的人不在少数吧。"

梦菲说:"以为你睡着了呢。"璐璐没吱声,她又说,"凡事有因果,一个巴掌拍不响。我就是想搞清楚,那家伙究竟是怎么想的。"

璐璐坐起来定眼看梦菲,仿佛初次认识,欲说还休。

窗户上的白纱帘被风吹得吸在横条铁栅栏上,一棱一棱,白纱给灰尘浸染久了变为浅灰色,像灰色的帆。墙上的镜子像个门,此刻像是自带魔性,通往无底深渊,梦菲定眼看久了觉得自己要被吸进去了。

就在这时,案件聚焦告一段落,开始插播广告。电视镜头中一个妙龄女子,远远地袅婷而来,脚步轻盈,笑吟吟道:"他好你也好,大家好才是真的好。"接着一个男子从旁门里探出头来,举着一盒保健品,说:"减肥要减膘,谁吃谁知道。"

广告播完,开始放一部电影,很老的一部古装武打片,一男一女哼哧哼哧地打得正酣时,梦菲跟璐璐下了一盘跳棋。梦菲输了,不服气,要再下一盘。这一盘梦菲赢了。她们再没谈论有关杀妻案的话题。不觉夜已深,璐璐哈欠连连地说:"睡吧,明儿一早开会呢。"起身去往书房,出来时把记者证交给梦菲,说:"你把照片换一下。"又把一张叠起来的纸打开,是一张刚填好的介绍信,记者栏后面签了璐璐的名字,背后用铅笔写了两个手机号码和一个人名,她担心万一监狱门卫不信任这张记者证,可以随机应变。

这天夜里,梦菲做了个梦。梦见前男友来找她,敲门敲不开,开始敲窗敲玻璃。梦菲说,你还来找我做啥?他目不转睛地盯着她看,说,曾经沧海难为水,除却巫山不是云。梦菲醒来时七星在天,一脑门子汗,手脚却冰凉。看看时间尚早,想着再迷瞪一会儿,辗转反侧睡不着,干脆爬起来。

璐璐一早已经吃过早餐,上班去了。客厅的餐桌上留着两颗白水煮鸡蛋,有两张葱花烙饼,炸得双面焦黄,梦菲咬了一口,又脆又酥直掉渣。

梦菲迅速地梳洗打扮停当,赶往目的地。此刻她正在一条阡陌上努力向前,此地不通公交,从最近的地铁站出来,要走近一个钟头的土路才能到达。出租车极少愿意来,嫌风水不好。好在如今地铁口出来遍地小黄车,成为去监狱最佳的出行工具。

一个人开着加工过的挎斗摩托,装满蔬菜和瓜果,从梦菲身旁突突突骑过去,扭转身来不知说了一句什么话。漫天尘土中,那人在前头停下,等梦菲离得近了,说:"姑娘家的咋来这种地方?"下巴一扬又说,"有认识的人在里头?是来探监还是寻看守?"梦菲出门时特意换了一条紧身黑色牛仔裤,长发编成辫子,戴顶运动帽,担心不够鲜亮,上身穿了件高弹针织衫,悦目的大红色,鸡心领挖得很大,露出好看的锁骨。听见这人问话,梦菲一只脚踩地,另一只悬在脚踏板上,点头道:"去探监。"那骑摩托的人明显怔了一怔,从头到脚打量她,用手指着说,前面右转就到。

梦菲骑上车子奋力蹬,听见那人自言自语道:"鲜花都他妈给猪拱了。"

土路两旁的田地里,绿油油一片碧绿,是在城市里根本见不到的鲜亮的绿。大槐树好像也比市区里的更高、更粗,枝繁叶茂,梦菲不禁满心喜悦,甚至有点亢奋,仿佛一次近郊旅行。这念头让梦菲自己也吓了一跳。扭过头去看时,那骑摩托的人才刚离去,尘土飞扬中留下一串叹息。

到了目的地,梦菲按照璐璐所交代的,把证件跟介绍信递进看守所大门旁的一个小窗,同时递进去一份日报。头版头条刊登的正是杀妻案的有关报道。

"日报社的?"一个穿蓝制服配肩章戴大檐帽的人探出头来,看一眼记者证上的人,再看一眼梦菲,面色稍显狐疑,但终究没有过多为难她,递出来一张表格说:"来访者需要登记。"

梦菲把璐璐的名字、电话以及工作单位，逐一填写完毕后递回小窗，口里说声谢谢，那人把记者证还给她，说："你要采访陈钢？杀人犯成了大红人喽。最近老有人来，还有一个说是导演，拍照片，看体型，还问有啥生活习性，好家伙，他还有功了？"梦菲笑笑，把证件装好，此时就听见咔嗒一声响，大铁门上的小铁门自动打开。梦菲刚要抬脚进，看门人说："你等一等，我得打个电话，这啥地方？能叫你随便出入？"梦菲于是立在一旁等着。

看门人边打电话边说："虽说都是杀人犯，可杀人也分三六九等，我告诉你，其实陈钢真不算啥，比他狠的多着呢。这啥地方？你采访前是不是应该先听我唠唠？陈钢在这些死刑犯里头，不算啥，矮子里头拔将军……"电话那头不知说了句什么话，看门人嗯嗯点头，把电话挂上，又说："我在此地一干干了十来年，我啥不知道？有的是好素材，想不想听听？"

有人从里头疾步而来，蓝色衬衣外面披着制服，大檐帽拿在手里，像是才吃完饭，腰间的手铐跟钥匙串不断碰擦发出哗啦哗啦的响声，皱眉道："疫情刚刚好转，这地方也热闹起来，一刻不消停。"

来人定眼看梦菲一眼，又要求她出示记者证和介绍信，接着带领她穿过一栋大楼往后面去。经过一处院子，院墙边种着几棵杏树跟枣树,这个季节,碎红乱点,脚底新绿平铺,一时让人以为来错了地方。梦菲紧跟在那人身后,机械地走至院子背后的一排平房。那人抬手一指,随即转身离去,并不对梦菲多说一个字,使她觉得那一刻,自己才是那个被世界遗弃了的人……

直到太阳光被一片阴影完全遮盖,一个男人站在面前,说:"是你要采访?是你吧?"梦菲方才回过神来,点头说:"对,是我。"

面前的这个男子,称得上壮硕,一米八几的个头,生着一双桃花眼,总觉得他在笑,板寸头比常规意义上的头发要更短,而梦菲最讨厌男人头发短。"是为了显示他的见识长?"梦菲心想,这人看起来不太像看守,他的眼神飘忽不定,莫名使她心慌。

寸头伸出手来自我介绍,他说:"张景。今天轮到我值班。"

梦菲伸出手去,觉得那张手温润而有力,恍惚的瞬间,张景已经搬过来一把折叠椅,请她落座。

这间屋子里的陈设极其简陋,墙角摆着一张单人床,床头的办公桌应该是一张旧课桌,桌角摆着一部座机电话。张景坐在桌子后面拨一个电话号码,说:"采访陈钢?刚才接到通知。得跟里头的看守说一声。"未及梦菲开口,他又说,"你真是记者?"

梦菲听得有点紧张起来,是不是他看出了记者证照片的端倪?她默不作声,把红色紧身衣的领口往上稍微拉了拉,把挎包抱在胸前。

"是头一次来吧,紧张?"寸头探出头去向外张看,说:"我可是这里的元老喽。托了看守所的福,我在此地,统共住了六年喽。"

"你在这里做看守已经六年?"

"哪里。头三年在号子里头住着,后三年在这间办公室里住。"

梦菲面露惶惑之色,忖度着问他进来之前在何处高就。

"我是老师。教体育。"他立刻又哈哈笑道,"头脑简单,四肢发达。"

张景的坦率让梦菲一时没反应过来。体育老师?教体育的人犯了什么事?梦菲想起一些遥远的旧事。中学时教体育课的老师是个独臂,但打篮球打得特好,无论是行进间单手肩上投篮,还是单手低手投篮,每投必中。有一天,体育老师在一场跟外校的球赛中给警察带走了,说是把哪个学校的女学生的肚子搞大了。

这时她听见张景说:"浪子回头金不换。要允许人犯错误,也要允许人改正错误。改正了错误就是好同志,改正得越迅速、越彻底,就越好。"看见梦菲一脸茫然,他又说,"这话不是我说的,是伟人说的。再说我要不是改造得好,改造得彻底,政府怎么可能让我留在这儿呢?"他的笑容显得意味深长:"我本来给判了五年,不到三年就恢复自由。我立功减刑了呀。"

梦菲对张景的话不置可否,这是她近三十年的人生中闻所未闻的事情,踌躇间张景忽然叹起气来,他说:"改造得再好有什么用?劳改犯是这辈子甩不掉的狗皮膏药,我是出去自己又要求进来的,我找不到工作呀。"他的眼睛定格在梦菲的脸上,目光如火,一只手紧握成拳又松开,"你不会相信,说了你也不懂,有人真的会为了爱情不顾一切,哪怕搭上这一生。"梦菲隔了几秒钟方才明白他在说他自己,不知为何,她骤然间想起今天来此地的真正目的,突然就冒起火来,斥道:"照你这么一说,是错判你冤枉你了?"

张景一愣,随即从角色中清醒过来了,他说:"错判当然没有。人总该为自己的行为付出代价。"他仿佛正在面对镜头说话,"我也算逆天改命吧。在里头立功受奖两次,还救过监狱长的命,放风时他心脏骤停,监狱里新进的 AED(自动体外除颤器),没人会用,而我在体校进修时恰好学过心肺复苏术。"讲这番话时,张景面色平静、语速平缓,难掩一丝得意。梦菲仿佛看到他的头顶上有一团光。

直到此刻,梦菲才发现,张景刚才握过她的那双手,手掌宽大、厚实,手指很长,她忽然觉得他这双手更应该去弹钢琴。他在蓝色制服里面穿了件白衬衫,领子已经洗得微微起毛,脖颈下面露出一小块皮肤,是给阳光晒过的健康的颜色,他一说话,喉结一上一下,露出一口好看的白牙齿。梦菲觉得身体里有一股力量涌上来,她想:"如果不是在这种地方认识这个人,倒是个不错的开端。"

张景发现始终是自己一个人在自说自话,如同唱独角戏,他便说:"可以问你一个问题吗?"

梦菲没吱声。

张景说:"人怕出名猪怕壮,这话一点不假,即使是在这种地方。你一出名,照样火得一塌糊涂。那段时间,我从早到晚接受采访,答记者问,做各种访谈对话,在监狱里给昔日的狱友作动员总结报告。"梦菲安静地听他说,"监狱长说,要不是我,他估计已经去见阎罗王了,谁能保证 120 跟 110 一样来势快如闪电?医生说了,心脏骤停最危险的,就是那三四分钟,奈何桥上走一遭,谁能说得准?每个记者来采访,问来问去,问去问来,非要让我说当时我怎么想的。你说我怎么想的?"张景把头转向梦菲,"邱少云为避免暴露而放弃自救,宁愿在烈火中永生。黄继光以胸膛堵枪眼,董存瑞炸碉堡之前会先来个思想斗争,权衡利弊?"他嗤地笑一声,"我没有说出他们想要的答案,于是老方子抓药,话题重新回归,又开始深挖我的过去。有意思?是人谁能不犯错?"他越说越来气,"说实话,我今天一接到通知,说有记者采访,我立刻就想到以前的自己,其实我特烦你们这些记者,该问的、不该问的,恨不得掘地三尺,就不能让里头的人安安静静地接受改造?"

"不过是随便聊一聊。"梦菲差点说自己并不是记者。

"采访还不是为你们自己?对受访人有什么好处?《肖申克的救赎》看过吧?里头那个老头出狱以后,在旅馆的房顶上吊自杀,为啥?所以我宁愿一直待在这里,待到老死。"

梦菲对张景的质问,再一次不置可否,她一声不响地任由他说下去。

梦菲坐着的位置,正对着前院的后门,可以看见大理石地面上一片阳光,亮白而刺眼,带着一丝脆响。窗外的蝈蝈叫得正欢,<u>丝丝丝</u>,扎扎扎,<u>丝扎丝扎</u>。那叫声此刻听来十分刺耳,如同张景的嘴巴,说起来没完没了。

梦菲忽然觉得有点心烦气躁,对于眼前这个人的自辩与控诉,简直不能忍受。而今天真正要采访的人,压根儿就没露面呢。梦菲说:"陈钢来了会怎么说?"

听见这句话,张景笑起来,说:"刚才里面传出消息,说陈钢拒绝采访。"话题一转,"这种地方,想看见个美女也不容易,我看你怎么也不像记者,不过你是不是记者都无所谓,进来实地感受一下也不错。"又说,"有导演来过以后,照着我们这里一模一样搭建背景板拍戏呢,我们可是红旗监狱噢。"

梦菲终于没忍住,脱口而出道:"那么,你究竟因为什么事被判刑?"

"若为爱情故,自由亦可抛。你爱过吗?痛彻心扉的那种爱情你有过没有?"张景眉头微皱,独自喃喃念着:"红颜祸水。"

梦菲说:"谈过。和男朋友谈了六年,刚分手。"

"谈了六年,说分就分了?"张景嘴角一撇,这鄙夷的神色让梦菲颇感羞辱。监狱里面有种说法,犯人里头最有面子的要数杀人犯,最受人白眼的当属强奸犯,而眼前的这个男人,说到底,进来是因为男女之间的事,然而现在,他跟她大放厥词,谈论他的"爱情至上观"。但也就是在这一瞬间,梦菲忽然明白,她确实如他所说,并不曾有过痛彻心扉、飞蛾扑火一般的爱情。即便前男友另觅新欢,她也仅仅是偶尔在深夜里才会想起同枕共眠了六年的他。难道只是因为多巴胺无处释放?梦菲浑身一轻,觉得心头的那扇门,缓缓合上了,有微风吹过。

"你虽然不在里头待着了,但你一定见过陈钢,你对这人怎么看?"梦菲打断张景的话题。

"阴险,卑鄙下流。他跟她的结合本来就是一场阴谋。他虽然杀了人,但他跟其他杀人犯不一样,手段下作,令人作呕。好汉做事好汉当,既然干了就要敢于承担,在法庭上哭有什么意思?鳄鱼的眼泪!关键是苦了孩子,哎。"

"死刑是肯定的了。"

"莫非还指望上帝救他?没人会救一个该下地狱的人。"

梦菲想起去年的案件聚焦节目。案发后,时隔三日,陈钢向警方报案,称妻子失踪。警察跟记者上门走访调查,陈钢急得跟什么似的。红口白牙,谎话张口就来的人,就算面对面坐着,他又会同她说什么?说了又是否可信?

计划缜密地犯罪,自然成竹于胸,对于整个案情的发展,都悉数掌控。当然,也会有良心悔过的一刹那,具体表现,就像这次庭审时陈钢哭了,泣不成声,然而这眼泪却更加激怒了那些坐在旁听席上的观众,以及希望挖掘真相的记者。陈钢本该预料到事态的发展。

梦菲此刻忽然不想采访那个铁栅栏后面的秃顶男人了,因为她觉得自己已经洞悉了他的行为,再说一句都多余。

梦菲站起身来往外走,听见张景在身后说:"美女这就走了?不采访了?"梦菲只顾埋头疾走,她一刻也不想在这里停留,就在她即将跨过院门的那一瞬间,听见张景笑道:"打一开始我就看出你不是干这行的,交个朋友?"

梦菲没有回头,大步流星走出去,穿过院子,走过院门,张景的笑声跟目光一路紧随,一直把她送出大门外。

夏天转瞬即至。这一天,璐璐回家时抱了一大捧蓝色妖姬,保安说,一个男的放下花就走了。

梦菲说,这得花好多钱呢。

璐璐从花束中发现一张小卡片,上面写着:"美女记者,正式认识一下可好?"

璐璐早已经习惯来自陌生人的示爱,叨咕一声:"花痴"。

梦菲默不作声。她知道,这一个多月以来,她的一举一动,都被一双眼睛紧盯。

璐璐把花插进一个阔口胖肚白瓷瓶里,屋子里渐渐被一种若有若无的香味充斥。

电视机开着,新闻里正在播放杀妻案的终审判决。陈钢将于三日后执行死刑。

梦菲给蓝色妖姬洒一点水,它的香味让她眩晕,梦菲忽然意识到,自己已经好久没有失眠,也不再在梦里追问前男友跟刘梅的喜宴到底在什么酒店办,而那张本打算去监狱近距离观察的脸,也终将在三日后在世间消失。一切都会好起来,明天又是新的一天,曙光在前方。

然而就在此时,门铃叮咚一响。

梦菲没听清璐璐在卫生间里说了句什么话。

梦菲走过去,趴在门上透过猫眼往外看。

一双桃花眼。在这个视线里望过去,笑容有点哈哈镜的效果。但能看出,他的头发已经长长了不少。梦菲在门口怔怔呆立,听见璐璐在卫生间里说:"是我的快递到了吗?你帮我签收一下。"

花香在黄昏时刻,总比白天来得更加猛烈、浓郁,吞噬掉整间屋子,弥散至窗外。梦菲听见远远的有人在说话:"落叶在门外忏悔,我用两指将落叶拈入门槛,而我的心怕它破碎,万物终将归于一缕阳光呵,那些高蹈发亮的浮尘……"

一本书打开一个世界

欢迎订购、合作

订购电话：0571-85153371

服务热线：0571-85152727

KEY-可以文化

浙江文艺出版社

京东自营店

关注KEY-可以文化、浙江文艺出版社公众号，及浙江文艺出版社京东自营店，随时获取最新图书资讯，享受最优购书福利以及意想不到的作家惊喜